라인강에
뜨는 무지개

# 라인강에 뜨는 무지개

**1판 1쇄 발행** 2021년 7월 27일

지은이     유한나
발행인     이선우
펴낸곳     도서출판 선우미디어

                등록 | 1997. 8. 7 제305~2014~000020
                02643 서울시 동대문구 장한로12길 40, 101동 203호
                ☎ 2272~3351, 3352 팩스: 2272~5540
                sunwoome@hanmail.net
                Printed in Korea ⓒ 2021. 유한나

값 13,000원

ISBN 978-89-5658-670-0 03810

# 라인강에 뜨는 무지개

유한나 수필집

선우미디어 sunwoomedia

코로나 홍수 후에 『라인강에 뜨는 무지개』를 펴내게 되어 기쁜 마음입니다.

일 년 넘게 이어진 코로나 방역 조치로 주로 집에서 지내야 했던 때에 산책하는 시간이 길어졌습니다. 조용한 산책길이나 들길에서 신선한 바람과 벗하고, 갖가지 색으로 단장하고 어여삐 피어난 꽃들과 지저귀는 새소리를 들을 때마다 마음에 위안을 받았습니다. 이 코로나 산책길에 얻은 글들과 〈한국수필〉〈그린에세이〉와 독일 동포신문 〈교포신문〉에 실렸던 글을 모았습니다.

그리고 60년 넘게 걸어온 인생길을 추억하며 산책해보는 글들을 실었습니다. 조용히 나를 가르치고 깨우치는 책들과 아름다운 여행길에서 얻은 글들을 모았습니다.

멀리 고국에서 기도해주시고 격려해주시는 어머니와 형제자매, 가족 친지, 이웃과 친구들에게 라인강의 도시에서 사랑의 안부 인사를 드립니다.

흔쾌히 표지 그림을 그려주신 김혜숙 화가님과 정성을 다하여 책을 묶어주신 이선우 사장님을 비롯한 출판사 여러분께 깊은 감사의 마음을 전합니다. 부족한 제 글을 여러분에게 보내드리는 사랑과 위로, 희망의 편지로 읽어주시면 감사하겠습니다.

2021년 6월
라인강이 흐르는 도시 독일 마인츠에서
유한나

## 4 크레타섬의 무지개

# 봄의 색깔

크레타섬의 봄. 뒤에 보이는 설산은 레아가 제우스신을 숨겨서 키웠다고
전해지는 Idar 산(2019년 3월)

# 삶은 달걀

　35년 전, 독일에 온 첫날부터 독일 아침 빵인 브레첸(Brötchen)을 먹기 시작했다. 빵집에서 구워내는 동글동글한 브레첸은 독일 사람들이 아침에 빵집에서 사서 먹거나 집에서 구워 먹는 빵이다.

　그날 하루 안에 먹지 않으면 다음 날에는 벌써 맛도 없어지고 딱딱해진다. 브레첸 빵 가운데를 수평으로 잘라서 두 쪽으로 나눈 뒤에 각각 반쪽에 살구, 딸기, 자두 등 과일잼을 바르거나 치즈, 살라미, 오이나 토마토 등을 얹어서 먹는다. 남편은 초기 독일 생활의 어려움을 아침마다 이 바삭바삭한 브레첸 빵을 먹는 즐거움으로 이겨낼 수 있었다고 말하곤 했다.

　브레첸을 아침마다 빵집에서 살 시간이나 집에서 구워 먹을 시간이 없는 직장인들은 해바라기 씨나 호박씨가 들어 있는 빵, 호밀로 만든 기다란 빵을 사놓고 그날 먹을 만큼만 잘라서 며칠 동안 먹는다.

일요일에는 작은 달걀 받침 접시에 삶은 달걀을 얹어놓고 달걀 윗부분만 깨뜨려 찻숟가락으로 파먹기도 한다. 흰자에 둘러싸여 가운데 절반 정도 익은 반숙 노른자를 보면, 마치 달걀 모양의 조그만 화산을 파먹는 듯한 느낌이 든다.

요즘 빵을 씹는 것이 예전 같지 않게 이가 약해졌다. 면역력을 키워야 하는 나이가 되었고 또 코로나 때라 더욱 건강을 챙기게 되어서 올 초부터 거의 날마다 빵 대신에 완전식품이라는 달걀을 삶아서 삶은 감자 두어 개와 눈에 좋다는 당근과 함께 아침 식사를 하고 있다.

내가 초등학교 다니던 때는 6 · 25 한국전쟁이 휴전된 지 십여 년이 지난 1960년대 중반이었다. 전쟁을 치른 가난한 나라에서 초등학교 다니던 어린 시절, 점심 도시락밥 위에 계란 후라이가 얹혀 있으면 밥을 먹기 전에 벌써 풍성한 포만감이 들곤 하였다.

학교 소풍날에 빠지지 않고 챙겼던 삶은 달걀. 자동차 여행을 할 때나 기차 여행을 할 때도 간식으로 삶은 달걀을 약간의 소금과 함께 챙기곤 하였다. 이렇듯 달걀은 어린 시절부터 내 건강을 챙겨준 고마운 식품이다. 설날에 먹는 떡국이나 만둣국에 달걀 지단을 부쳐서 얹어 먹기도 하지만, 달걀 껍질을 깨고 후루루 풀어서 국물맛을 낸다. 그것뿐인가. 국민 간식으로 꼽히는 라면을 끓일 때 달걀을 풀어 넣어야 제 맛이 난다.

'닭의 알'이라는 뜻으로 '달걀'이라는 이름이 붙여졌는데 닭에게 새삼 고마운 마음이 든다. 닭이 알을 낳아 우리에게 내어주는 희생으로 나를 비롯한 우리 가족, 우리 이웃들이 영양을 공급받아 면역력을 키우며 음식 맛을 즐기는 풍성한 삶을 살 수 있으니 말이다.

그러고 보니 나의 부모님 모두 닭의 해에 태어나신 닭띠 동갑이셨다. 부모님의 희생과 헌신으로 내가 세상에 태어나 그분들의 사랑을 받으며 대학 교육까지 받았다. 나와 지난 40여 년 인생 여정을 함께 걷고 있는 남편도 닭의 해에 태어난 닭띠이다. 독일에 와서 가족을 부양하기 위해 남편은 날마다 프랑크푸르트까지 출퇴근하며 25여 년 직장 생활을 하면서 세 자녀를 대학 교육까지 받도록 지원하였다. 남편의 헌신과 사랑으로 세 자녀가 독일에서 삶의 뿌리를 내리고 가지를 뻗으며 가정을 이루고 사회생활을 하고 있다. 그리고 한인 3세인 어린 네 손주가 독일에서 자라고 있다.

어느 날, 부엌에서 달걀로 음식을 만들다가 닭이 알을 낳듯이 '포옹'이라는 시를 낳게 되었다.


네 따스한 온기로
비바람 추위 막아주어 고마워.


무게중심 잡지 못해
흐늘거리는 연약한 몸
단단히 붙들어 주니 든든해.

내 피부가 노란색이라도
네 하얀 피부 자랑치 않고
소중히 껴안아 주니 행복해.

한 몸으로 살고
한 몸으로 죽어야 해.

달걀흰자와 노른자
서로 나지막이 속삭이는 말

부엌에서 듣고 있는
이 아침.


거의 날마다 달걀을 보거나 먹다 보니, 달걀흰자와 노른자가 서
로 나지막이 속삭이는 말까지 듣게 되었나 보다.

# 어린 시절 친구 순덕이

초등학교 시절, 진주 외가에서 몇 년 동안 살았다. 어머니가 서울에서 중학교 교사로 직장생활을 하셨기에 한 살 아래인 여동생과 외가에서 지내게 되었다. 외가는 진주 시장과 남강 사이에 있었다. 오십여 년의 길고 긴 세월이 지난 지금도 외가를 그려보라고 하면 거의 그릴 수 있을 정도로 내 기억에 선명하게 남아있다. 진주 시장에서 넓은 골목길로 내려와 주택가에 들어서면 왼쪽으로 두 번째 단층 기와집이 나타난다. 밤색 큰 대문을 열고 들어서면, 바로 오른쪽이 화장실이고 문턱을 넘어 마당으로 들어서면 정면으로 바라보이는 위쪽에 마루에 연결된 방이 세 개 있는 위채가 있었다. 위채의 왼쪽이 부엌, 부엌 앞에 크고 작은 항아리들이 놓여있는 장독대가 있었다.

대문 문턱을 들어서서 마당 왼쪽, 그러니까 집 아래채에는 이모부, 이모님이 사촌 동생들과 사시던 방, 방에 딸린 좁은 부엌이 있었다.

외가 풍경에서 빼놓을 수 없는 것은 주먹만 한 붉은 석류가 주렁주렁 달렸던 석류나무와 단물나는 무화과가 달려있던 무화과나무, 그리고 채송화와 닭 볏 모양의 꽃을 피우는 맨드라미 등이 피어있던 마당 왼쪽으로 길게 뻗어있던 꽃밭이었다.

외가 오른편에 바로 붙어 있던 옆집은 순덕이네 집이었다. 순덕이 어머니는 항상 한복을 입으시고 머리를 단정하게 빗어 쪽을 지신 분으로 하숙집을 운영하고 계셨다. 순덕이는 재순, 재숙, 재덕이라는 세 명의 언니가 있었고 남동생 재호가 있었다. 나보다 한두 살 많았던 순덕이는 피아노도 칠 줄 알았고, 어린 나에 비해 모든 면에 당당하고 자신감이 있어 보였다. 어느 날, 순덕이가 내게 교회에 가면 사탕도 주고 과자도 준다고 하면서 같이 가보자고 하였다. 몇 번을 갔는지 잘 모르겠지만, 그곳에서 찬송가 여러 곡을 듣고 배웠다. 그때 다른 어린이들과 함께 배우고 노래하였던 "나와 같은 어린이 보실 때마다 쓰다듬어주시며 이야기해주신 예수님의 말씀이 들어있기에 나는, 나는 성경을 좋아합니다."라는 찬송가 가사는 지금까지도 잊지 않고 있다.

어린 시절, 내 또래 여자아이 친구로 유일한 친구였던 순덕이. 골목에서 고무줄놀이하거나 공깃돌 놀이를 하며 같이 놀았던 순덕이. 그녀의 손에 이끌려 처음 가보았던 교회. 그 후 나는 초등학교 4학년 때 서울로 전학하였고 서울에서 줄곧 살면서 그녀와 소식이 끊어졌다. 내가 중학교와 고등학교에 다니며 매주 한 번씩 강당에서 예배를 드리고, 대학생 때 성경을 배우게 되고 믿음을 가지게 되어 평신도 선교사로 독일에까지 와서 사는 것을 순덕이가 알고 있을까? 어린 시절 내 마음 밭에 떨어진 믿음의 씨앗이 자라서 독일에까지 와서 3대가 이곳에 사는 것을 듣는다면 그녀가 내게 뭐라고 말할까? 구수한 경상도 사투리로 내게 살짝 눈 흘기며 "니, 참 잘 됐다! 내 덕분인 줄 알거래이."라고 말하지 않을까?

# 십 대 친구들

중학교에 입학할 때 지역별 추첨제로 학교를 배정받았다. 서울 삼선동에 살았기에 걸어서 30분 정도 걸리는 성신 여자중학교를 다녔다. 지금은 성신 여자대학교가 되었지만, 당시에는 성신 여자 사범대학교 건물을 옆에 두고 성신 여중 건물이 있었다. 그리고 운동장 아래쪽으로 내려가면 바로 성신사대부고 건물이 별채처럼 따로 있었다.

6년 동안 성신 여중과 성신 사대부고를 다니면서 학교 공부뿐 아니라 기독교 교육과 정서 교육을 같이 받았다. 정성 '성(誠)' 자에 믿을 '신(信)' 자로 이루어진 성신 재단에서 세운 기독교 중·고등학교였다. 어느 분의 제안이었는지 모르지만, 여느 일반 학교와는 구별되는 점이 몇 개 있었다. 보통 1학년 1반, 2반… 등으로 반 번호를 매기는 것이 아니라 덕, 현, 명, 숙, 영, 미, 정, 예, 지, 의 10개 반으로 이름이 붙여졌다. 여성 교육의 방침으로 그러한 이름을 붙였으리라. 덕이 있고 현명하며 명철하고 정숙하며 영특하고 아름답고 올바르고 예의 바르며 지혜로운 여성을 키우려고 했던 교육 방침이었을 것이다.

중학교 1학년 때 현(賢) 반이었고 2학년 때는 명(明) 반, 3학년 때는 지(智) 반이었다고 아직도 기억하는 것은 그만큼 십 대 초반의 나이에 인상 깊게 듣고 새겼던 이름이라서 그럴 것이다. 수업 시간이 끝나면 '찌르릉' 시끄럽게 울리는 일반 종이 아니라 클래식 음악 한 소절이 꿈꾸듯 울려 퍼지면 수업 시간이 끝났다는 알림 음악이었다. 교실마다 은은한 미소가 빛나는 모나리자 그림이 교화로 지정되어 벽에 걸려 있었다. 일주일에 한 번씩 전교생이 대강당에 모여 예배를 드렸고 일 년에 한 번씩 추수 감사예배도 드렸다. 중학교에서 창조주에 대한 믿음과 감사하는 신앙을 배운 셈이다.

특활반으로 들어간 문예반에서 처음으로 김소월 시인의 대표적인 시 작품인 〈진달래〉와 〈산유화〉를 배웠고, 첫 시화전에 참여하여 돌 담벼락에 내 시화 액자가 걸렸던 기억이 난다. 가장 기억에 남는 중학교 때 추억은 몇몇 친구들과 함께 〈글샘〉이라는 문집을 엮은 일이다. 네다섯 명의 중학생들이 각자 쓴 몇 편의 시를 함께 모아서 문집을 만들어서 한 권씩 나누어 가진 것이다. 문집 제목을 〈글샘〉이라고 붙인 것이 지금 생각해도 기특하게 여겨진다. '글이 솟아나는 샘물'이라는 뜻이다.

그때 문집을 같이 만들었던 친구 중 M은 대학에서 국문학을 전공하여 시조 시인으로 등단하여 활발한 창작 활동을 하고 있을 뿐 아니라 한국의 시조를 번역하여 세계에 알리는 작업도 하고 있다. 난 독일에 와서야 뒤늦게 시인으로 등단하였고 또 친구 Y는 수필 가가 되어 수필집을 펴냈다. 지금도 몇 년 만에 가끔 한국 여행을 나가면 그 친구들을 만나고 식사를 함께하곤 한다. 십 대에 조그만 싹을 피우던 문학소녀들이 이제는 각각 몇 권의 시집, 수필집을 펴낸 작가들로 성장하였다.

문집 친구는 아니었지만, 중학교 때 함께 공부하였던 친구도 불문학을 전공한 후에 불어로 된 문학작품을 우리나라 말로 수십 권 번역하여 영향력 있는 번역가가 되었다. 모두 부지런하게 열심히 살아왔구나! 하고 감탄하게 만든다.

이 친구들은 대부분 성신 사대부고로 함께 진학하였다. 고등학교 3학년부터는 본격적으로 독일어를 공부하면서 나의 삶의 이정표는 독일로 향하고 있었다. 친구들은 한국과 프랑스에서, 나는 독일에서 각자의 길을 열심히 달려온 것이다.

아직 내가 사는 독일에서 친구들과 만난 적이 없었는데 코로나가 풀리면 독일에 모여 라인강물처럼 푸르렀던 십 대의 순수했던 그때로 잠시 돌아가 보고, 열심히 살아온 친구들의 삶에 격려의 박수를 보내고 싶다.

# 35여 년 만에 독일에서 만난 남편의 동창

다른 도시에 사는 둘째 아들이 핸드폰으로 남편에게 사진 한 장을 보내왔다. 그리고 이 사진에 찍힌 남자가 아빠의 친구인지 물었다. 아들은 졸업 후, Bonn 중앙역 안에서 다른 한 분과 함께 한국 음식점을 경영하고 있었다. 어느 날, 한국인 부부가 왔는데 식사 후에 여주인에게 남편 이름을 말하며 혹시 아느냐고 물어보았다고 한다. 마침 남편을 아는 여주인이 "그분 아드님이 저기 서 계신 분이에요." 하며 아들을 가리켰다는 것이다. 35여 년 전에 헤어진 친구를 찾아왔다는 그분 말이 미덥지 않았던지 독일에서 태어나 자란 아들이 핸드폰으로 사진을 찍어서 아빠에게 보낸 것이다.

그다음 날, 그 친구는 쾰른에서 약 두 시간 기차를 타고 우리가 사는 마인츠시로 왔다. 강산이 세 번 넘게 변하도록 전혀 소식을 알지 못하던 남편과 연락이 닿자마자 당장 만나러 온 것이다. 한국에서 교수로 일하는 그는 독일에서 연구 학기를 보내려고 6개월 동안 베를린에서 지내게 되었다. 그날, 부인과 함께 쾰른 성당을 구경하러 왔다가 독일 Bonn으로 떠났던 친구를 찾아보려고 쾰른에서 가까운 Bonn으로 와보았다고 했다. 마침 중앙역 안에 한국 음식점이 있는 것을 보고 주인이 '한인 교회를 다니는 분이라면 혹시 친구 소식을 알지 모른다'는 생각이 들어서 그곳에 들어왔다고 했다. 같이 온 그들의 아들은 독일 음식을 먹어보겠다고 다른 곳으로 가고 부부만 한국 음식점에 들어왔다는 것이다. 그리고 여주인에게 "혹시 한인 교회 나가세요?" 하고 물었더니 안 나간다고 해서 잠시 실망했으나 지푸라기라도 잡는 심정으로 Bonn에 경제학 공부하러 왔던 유 아무개 씨를 아는지 물어보았더니 '저기 서 있는 분이 바로 그분 아들'이라는 말에 친구는 자신이 더 놀랐었다고 말했다.

남편과 고등학교 동창이면서 대학 동창이기도 한 그 친구는 35여 년이라는 시간을 훌쩍 뛰어넘어 남편과 회포를 나눈 후, 한국으로 떠나기 전에 다시 한 번 두 부부가 함께 만나자는 약속을 하고 헤어졌다.

두 달 후, 우리가 사는 곳에서 베를린까지는 너무 멀어서 그보다 좀 가까운 라이프치히에서 만나기로 하였다. 독일에 수십 년 살면서도 처음 방문하는 구동독 라이프치히에서 우리는 독일의 평화 통일을 위해 기도의 불씨를 지폈던 성 니콜라이 교회와 바흐의 무덤이 안치된 성 토마스 교회를 그들과 함께 둘러보았다. 저녁 시간에 그들이 다시 기차로 베를린으로 돌아가야 하는 일정이라 카페에서 케이크와 커피를 마시며 대화를 나누었다. 남편과 친구는 수십 년 동안 쌓였던 이야기보따리를 풀어놓았다. 고등학교 때 선생님들에게 책망 받던 이야기, 수업 시간에 일어났던 일들, 동창 소식 등을 나누며 그들의 추억 시곗바늘을 50여 년 전 고등학교 시절로 돌려놓고 이야기에 푹 빠져들고 있었다.

수십 년 동안 연락이 끊겨 실종된 줄 알았던 동창을 찾아서 정상회담을 하고 있다고 그 친구가 동창 단체 카톡에 소식을 올리니, 이 친구 저 친구들이 반갑다고 인사 글을 올리면서 갑자기 카톡방에 생기가 넘쳤다. 라이프치히에서 이루어진 두 사람의 회담을 축하한다고 한국에서 인사를 보내며 '이산 동창 상봉에 대한 합의사항은 없냐'고 하며 유머 넘치는 카톡을 올린 친구도 있었다.

고등학교 3년을 같이 다닌 십 대 친구들이 이제 60대가 넘어 희끗희끗 흰 머리가 된 할아버지들이 되어서도 그 우정을 이어가는 모습이 참 감동적이었다. 독일로 떠난 친구가 35년이 다 되도록 연락이 끊겼는데 포기하지 않고 Bonn 한국 음식점을 찾아와서까지 친구를 찾는 십 대의 순수한 우정이 참으로 아름답게 보였다. 점점 각박해지는 세상에 오래 묵힌 포도주처럼 향기 나는 우정을 나누는 친구가 있다는 것은 그 사람의 행운이고 복이다.

독일의 대문호 괴테(1749~1832)와 실러(1759~1805)는 세계문학사에서 좀처럼 찾기 어려운 우정을 나눈 작가들이다. 그들의 우정은 그들이 살던 작은 작센 바이마르 공국의 수도 바이마르를 일약 독일 문학과 세계문학의 중심지로 꽃피게 했다. 괴테는 열 살 아래였던 실러와의 우정을 '행운의 사건'이라고 표현하기도 했는데 그들은 서로 만나거나 편지를 교환하며 서로의 작품에 대해 의논하였고, 각자 쓴 시를 같이 모아 〈크세니엔〉(Xenien)이라는 공동 풍자시집을 펴내기도 하였다. 괴테는 실러보다 열 살이나 많고 당시 문학적 지위도 더 높았지만, 이 시집에 실린 실러의 시들이 예리하고 핵심을 찌르는데 자신의 시는 순진하고 평범하다고 겸손히 말하기도 하였다. 바이마르 재상으로 지내던 괴테가 1799년에는 실러를 바이마르로 초청하여 그들은 바이마르 국립극장 일에도 적극적으로 협력하였다. 바이마르 국립극장 앞에는 괴테와 실러가 함께 서 있는 동상이 아직도 세워져 있다.

괴테는 실러와 함께했던 시간을 "우리는 성격이 아주 달랐지만, 방향은 일치했다."고 말하였다고 한다. 서로 다른 생각과 이념을 따르고 있었지만, 그들은 서로 존중했고 서로 격려하며 작품 활동을 하였다. 실러가 젊은 나이에 병으로 세상을 떠났을 때 괴테는 "내 존재의 절반을 잃은 것 같다."고 하며 슬퍼했다고 한다. 그들은 죽어서까지 바이마르 묘지에 나란히 묻혔다. 어려울 때 친구가 진정한 친구이고 힘들 때 도움과 용기를 주는 친구, 서로의 성장과 행복을 위해 함께 슬픔과 기쁨을 나누는 친구, 같은 목표와 꿈을 가지고 서로 격려하며 힘이 되는 친구가 진정한 친구인 것을 생각하면서 나는 그러한 친구가 있는가 돌아보게 된다.

이런저런 친구들이 있지만, 외국에 살면서 날마다 때마다 같이 삶을 나누고 인생길을 함께 걷고 있는 남편이 가장 좋은 친구이지 않을까 싶다. 만 25살에 결혼하여 60살이 넘도록 세 자녀를 키우고 독일에서 올망졸망 만 여섯 살부터 한 살배기 네 명의 손주가 태어나기까지 인생 항로에서 만나는 슬픔과 고통, 기쁨을 함께 나누며 사는 남편이 진정한 친구라는 생각이 든다. 결혼 생활 36년이 넘었지만 지금도 우리는 의견 차이와 성격 차이로 종종 티격태격한다. 그러나 나의 다른 반쪽이니 나와 다르게 느끼고 다르게 생각하는 것은 당연한 일이지 이상한 일은 아니다. 그러면서 서로의 모난 성격이나 모난 생각이 둥글어지고 삶에 부딪히는 많은 문제 가운데 가장 좋은 해결점을 찾아 나가는 것이 아닌가. 자신보다 친구의 평안과 행복을 더 생각해주고 자기희생을 감수하는 자가 참된 친구이니 앞으로 남편의 더 좋은 친구가 되도록 마음가짐을 새롭게 해야겠다. 나의 의견이 존중받고 나의 처지에 대한 배려를 원하기보다 먼저 그의 의견과 그의 처지를 배려하고 존중해주어야지. 자녀나 남편, 이웃을 평생 친구로 삼고 그들의 행복과 성장을 위하여 참된 우정을 쌓아갈 때 나이 들어가면서도 외롭지 않은 가정, 살맛나는 사회를 이루지 않겠는가.

(2019년)

# 결혼

수년 전, 한 친구는 내게 어떻게 한 남자와 30년 이상을 함께 살 수 있느냐고 물어본 적이 있었다. 두 번째 남편과도 헤어진 지 얼마 되지 않았던 그 친구는 내가 남편과 30년 이상을 함께 사는 것이 신기하게 보였던 모양이다. 결혼한 지 25년이 넘고 30년이 넘어도 결혼 위기에 닥치는 주위 선배나 친구들을 보면, 결혼하여 평생 해로한다는 것은 결코 쉬운 일이 아닌 것을 깨닫곤 한다. 나도 남편과 함께 살면서 이해받지 못하거나 존중받지 못한다고 느낄 때 훌쩍 떠나 한국에서 몇 달 살고 오고 싶은 생각이 들 때도 있었다. 결혼하여 5년 이내에 이혼하는 경우가 아주 많고, 황혼 이혼도 적지 않다는 뉴스를 읽으면 30년 이상 한 남편과 산다는 것이 신기하게 느껴지기도 할 것이다.

남편과 나는 대학교 때 같은 영어 회화 클럽에서 처음 만났다.

대학에 입학한 1977년 봄, 여고 동창이 내게 영어 회화 클럽에 같이 다니지 않겠냐고 초대를 했다. 서울대 대학생들과 이화여대 대학생들이 모인 영어 회화 클럽이라고 하였다. 그 동창은 과학 분야를 잘해서 항공대학에 진학한 친구인데 어떻게 그 클럽을 알았는지 나를 그곳에 초청하였다. 대학 신입생 4월부터 일주일에 한 번 모이는 클럽에 나갔다. 세 그룹으로 모여서 영어 회화 토론을 하는데 내가 속하게 된 그룹의 조장이 지금의 남편이었다. 남편은 서울대가 아니라 성균관 대학교에 다니고 있었는데 고등학교 동창들이 서울대 학생들이라 그 클럽에 함께 다녔다고 하였다.

어쨌든 지나놓고 보니, 항공대 다니던 여고 동창이 그 영어 회화 클럽으로 나를 초청한 일이나, 서울대 재학생이 아니었던 남편이 그 클럽에 다녔던 일, 내가 남편의 그룹에 속하게 된 일 모두가 우연처럼 보이면서도 보이지 않는 인연이나 운명의 손길이 있었던 것처럼 보인다. 그 클럽에 몇 달 다니다가 대학 수업과 독일문화원에서 배우는 독일어 회화 공부로 클럽에 자주 나가지 않았다. 남편은 클럽에서 매주 회원들에게 나누어주는 영문 자료를 내게 전해주겠다면서 연락을 해왔다. 마침 성균관대학교에서 한두 정거장 거리인 삼선동에 살던 터라 가끔 성대 앞에서 만나 영문 자료를 전해 받았다. 그러나 어디까지 클럽 선배로만 생각하고 있었다. 그 후 대학교지 편집위원이 되면서 대학 수업과 교지 편집 일 등으로 대학 1학년을 보내고 있었다.

대학에 들어와 자유를 누렸지만, 데모로 대학 수업이 빠질 때가 종종 있었고 어떻게 사는 것이 참다운 인생인지, 나의 삶의 목적이 무엇인지 내가 가야 할 길이 어디인지 혼란스럽기만 하였다. 이때 마침 독일 문화원에서 일주일에 두 번 정도 독일어를 함께 배우던 고등학교 때 친구가 날 수양회에 초청하였다. 그녀는 성경을 배우면서 인생의 진리를 찾았다고 내게 말하였다. 그리고 창세기 가을 수양회에 날 초청하였다. 마음이 공허하고 인생의 의미를 찾고 있던 차에 함께 가보기로 하였다.

수양회는 기쁨과 웃음이 가득한 축제 분위기였다. 2박 3일 수양회 마지막 전날 밤에 시와 음악제가 열렸고 난 〈복락기〉라는 제목의 시를 써서 발표하였다. 그 수양회에서 순수하게 진리를 따르는 작은 예수들을 본 듯하였다. 수양회 후에 창세기 성경 공부에 초대받고 배우기 시작하였다. 창조 첫날에 "빛이 있으라"라는 말씀에 어둠과 공허와 흑암의 땅에 빛이 창조되었다는 설명과 흙으로 사람을 만드시고 그 코에 생기를 불어넣어 영혼의 존재로 사람을 창조하신 빛 되신 창조주 하나님을 영접하였다. 내 생명의 근원과 이 지상에서의 생명이 다하면 다시 하나님께로 돌아간다고 배운 후, 진리를 깨달은 기쁨이 가득하였다. 그 후 히브리서 성경학교에 참석하여 예수님의 십자가 피흘리심이 나와 세상 만민의 죄를 대신하여 피를 흘리심을 알고 믿음으로 구원의 은혜를 받았다. 믿음을 가진 후에 남편을 창세기 성경학교에 초청하였고 남편도 창세기와 누가복음 성경 공부를 하면서 예수님을 구주로 믿게 되었다. 같은 믿음 생활을 하면서 서로에 대한 신뢰감을 쌓게 되었고 대학원 졸업 후 1983년 5월에 결혼식을 올렸다. 처음 만날 때는 전혀 결혼 대상자로 만나지 않고 클럽 선배로 알다가 같은 믿음의 길을 걷게 되면서 가정을 이루게 되었다.

대학 신입생 때 남편을 만났으니 어느덧 44년의 세월이 지났다. 결혼한 지 올해 38년이 된다. 신혼 2년 후 남편은 먼저 독일로 떠났고 나도 뒤따라 독일에 와서 낯선 땅에 삶의 뿌리를 내리고 독일 체류 허가를 받기 위해 직장 생활하고 자녀를 낳고 키우는 사이에 35년 세월이 흘러갔다.

부부가 같이 평생을 산다는 것은 기적이다. 25년 혹은 30여 년 동안 각자 다른 생활환경에서 다른 생각을 가지고 다른 취향을 가진 두 인격체가 결혼 후, 가정의 화목과 성장을 위해 하나가 되기 위해 많은 충돌과 갈등을 겪을 수밖에 없다. 그런 가운데 서로에 대한 이해와 자기 발견도 새롭게 이루어지면서 인격적으로 성장한다. 그러할 때 가정도 자녀와 후손, 이웃과 사회에 선한 영향력을 끼치게 된다.

결혼 38주년을 맞으면서 배우는 것은 서로에 대한 존중과 배려, 헌신적인 사랑이 두 사람을 하나로 엮어주는 일이라는 것이다. 부부가 함께 절대 선이신 하나님을 섬기고 절대 진리이신 하나님의 말씀대로 살 때, 어려움이나 괴로움을 극복해나갈 수 있는 지혜와 힘을 얻는다. 무엇보다 상대방에게 요구하거나 기대하기보다 나 자신이 먼저 믿음과 사랑 안에서 끊임없이 성장해야 한다.

결혼이란 두 사람이 인생 동반자로 함께 살아가는 일이기에 서로에 대한 희생과 신뢰, 사랑이 전제되지 않을 때 참다운 결혼 생활을 할 수 없다. 두 사람이 바라보고 가는 삶의 방향과 목표가 같아야 끝까지 함께 동반자로 걸어갈 수 있다. 코로나 때에 가정과 가족의 중요성이 어느 때보다 높아졌다. 집에 머물러야 하고 함께 사는 가족만 같이 다니거나 같이 지낼 수 있다. 전도서 4장 12절에는 "한 사람이면 패하겠거니와 두 사람이면 능히 당하나니 삼겹 줄은 쉽게 끊어지지 아니하느니라."라고 말한다. 외롭고 병들고 슬플 때 함께 위로하고 도와주는 가족의 힘이다. 그러한 가족이 없을 때는 친구나 이웃을 가족으로 삼고 섬겨야 하지 않을까?

# 2월 찬가

2월은 내가 어머니가 된 달이다. 37년 전, 첫아들을 서울 중앙 병원에서 해산하였다. 무거운 몸으로 버스를 타고 다니며 직장생활을 하여서 그런지 예정일보다 2주 먼저 진통이 시작되었다. 병원에 입원할 때 필요한 몇 가지 옷가지와 짐을 챙겨서 저녁 6시경 병원에 갔다. 아직 해산하기까지 시간이 더 걸리고 입원실이 부족해서 그랬는지 밤 9시경에 다시 오라고 하였다. 병원에 입원하여 밤 9시부터 새벽 3시경까지 진통이 오는데 바늘로 콕콕 쑤시는 듯한 통증으로 매분 아니 매초를 견디기가 어려웠다. 그때서야 건강한 몸으로 살아간다는 게 얼마나 감사한 일인지를 배웠다. 몸에 아무런 통증을 느끼지 않고 건강한 몸으로 산다는 것이 당연한 일이 아니라 매우 감사한 일이라는 것을 깨달았다. 마치 수영장 물속에서 숨을 못 쉬고 잠수해 있다가 물 위로 얼굴을 내밀 때 자유롭게 숨을 쉴 수 있다는 것이 얼마나 큰 자유이고 행복인가 깨닫는 것처럼. 새벽 세 시 경까지 진통이 계속되었다. 옆에서 간호사가 내게 힘을 쓰라고 말하는 데 힘을 써도 소용이 없었다. '아, 이런 것을 난산이라고 하는구나!' 하는 생각이 들었다. 그러다가 얼마나 지났을까? 드디어 울음소리를 터트리며 새 생명이 태어났다.

그 당시는 산모가 해산한 후 이틀 정도 입원하고 퇴원해야만 했다. 그런데 아기가 황달기가 있다고 인큐베이터에 넣어 햇빛을 쐬어 주어야 하니, 아기는 병원에 있고 나는 퇴원하라고 하였다. 이제 막 세상에 태어나 겨우 이틀 지난 아기를 혼자 병원에 두고 집에 가려니 차마 발이 떨어지지 않았다. 인큐베이터 안에서 작은 두 눈에 검은 안대를 하고 바들바들 알몸으로 떨고 있었다. 병원을 나서면서부터 창피한 줄도 모르고 눈물을 흘리며 울었다. 자식을 향한 어머니의 마음이 그때부터 시작되었으리라. 함께 있었던 친정 어머니는 어떤 마음이셨을까. 아직 어리다고 생각하는 딸이 엄마가 되었으니 얼마나 안쓰러웠을까?

2월은 내가 어머니가 되도록 해준 고마운 달이다. 뼈가 부서지는 듯한 해산의 고통으로 병원 침대 옆에 달려있던 커튼을 붙들고 잡아당기는 바람에 기다란 커튼이 우두둑우두둑 뜯어졌다. 아픔을 참느라고 어찌나 입술을 깨물었던지 입술에 붉고 푸른 멍이 다 들었다. 몸의 진액을 다 쏟아낼 정도로 힘을 써서 기진맥진하였지만, 새 생명을 해산한 후에 하루하루 새 생명의 탄생에 대한 기쁨으로 해산의 고통과 아픔을 이겨낼 수 있었다. 병원에서 주는 미역국과 밥이 그렇게 달고 맛있을 수가 없었다.

그런 첫아들이 만 4살 때 독일에 와서 어느덧 만 37살이 되었다. 8년 전에 결혼하여 그 이듬해 2월에 첫아기를 얻었다. 내가 아직 50대 중반일 때 할머니가 되도록 만들어준 첫 손자이다.

2월은 그렇게 내가 어머니에서 할머니가 된 달이기도 하다. 그것도 두 손자가 이틀 차이로 모두 2월에 태어나서 2월은 내게 특별한 의미를 안겨주었다. 해산의 아픔을 몰랐던 아내에서 새 생명을 잉태한 어머니로, 어머니에서 할머니로….

중고등학교나 대학교 과정을 마치면 보통 2월에 졸업식이 있었고, 3월에 새 학교로 진학하였다. 2월은 일정한 교육 또는 인생의 한 과정을 마치고 3월의 새 관문을 준비하는 달이다. 나를 아내에서 어머니로, 또 할머니로 만들어주었던 감격을 되새기며 2월 찬가를 부른다. 3월부터 펼쳐질 인생의 새 봄날을 기대하면서….

# 봄의 색깔

봄의 색은 노란색인 듯하다. 아직 비바람이 잦은 날씨인데 노란 개나리가 삐죽삐죽 갈색 가지에서 솟아나고 있다. 노란 수선화도 어느새 땅을 뚫고 수줍은 듯 고개 숙인 채 키를 조금씩 키우고 있다. 그러고 보니 앙증스럽게 핀 노란 후레지아도 바람에 살랑거리며 봄노래를 부르기 시작한다. 봄에 유난히 노란색 꽃들이 많은 것이 올해에서야 눈에 들어왔다. 겨우내 색을 잃은 듯한 메마른 가지의 나무들, 쓸쓸한 들판을 바라보다가 가장 눈에 잘 띄는 색이 노란색이라서 그럴까? 코로나로 집 안에만 머무는 시간이 길어지면서 비 온 후에 상쾌한 바람을 쐬며 산책하러 다닐 수 있다는 것도 감사한 일이다. 지난주만 해도 폭풍이 지나가면서 비가 내리고 바람 부는 날이 며칠 계속되었으니까.

삼십 분이나 한 시간 정도 걸으면 다리 운동도 되고 정신 운동도 된다. 비 온 후에 맑아진 파란 하늘을 바라보며 심호흡을 하면서 그동안 마스크로 차단되었던 신선한 공기를 흠뻑 마시며 기분 전환을 한다.

독일 집들은 길가에 정원이 있는 집들이 많다. 정원 울타리가 무릎 정도 높이 밖에 안 될 정도로 낮아서 지나가는 사람들이 그 집 정원에 핀 꽃들이나 나무, 정원 연못가의 장식용 개구리나 새들도 함께 감상할 수 있다. 우리 집 정원에 서 있는 장미 나무의 가지 마디마디에도 어느새 불긋불긋한 꽃망울이 움트는 것이 보였다. 겉으로 보기에는 아무 일도 일어나지 않고 잠시 세상이 멈춘 듯하였지만, 긴 겨울을 지내면서도 생명의 기운은 멈추지 않고 꽃과 열매를 키우고 있었다는 것을 본다. 아무 일도 하지 않고 동면 상태인 줄 알았는데 기특하게도 비바람, 추위와 사람들의 무관심 속에서도 쉬지 않고 땅속에서 수분을 끌어올리고 싹을 틔우는 노동을 하고 있었다는 것을 알게 된다. 말없이 인생의 교훈을 전하는 자연의 가르침 앞에서 몇 년 전에 썼던 시가 떠올랐다.


겨우내 초라한 모습으로 서 있던/ 몇 그루 나무/ 언제 저리 눈부신 옷 입었는가! …/ 소박한 시골 봄 처녀 같은 개나리/ 화려한 붉은 옷 차려입은 진달래/ 우아한 흰 드레스 걸친 목련 나무/ 인생 겨울 지나는 동안/ 춥다고 서글퍼하지 말고/ 저들처럼 화려한 옷 한 벌/ 정성껏 지을 일이다.

　－시집 『라인강의 돛단배』 중 〈봄 패션쇼〉 중에서

인생에 항상 봄만이 있는 것이 아니고 그렇다고 언제나 겨울바람이 부는 것도 아니다. 인생의 긴 겨울을 지나는 동안에도 봄에 피울 꽃봉오리와 열매를 맺기 위해 칼바람 눈바람 견뎌내며 쉼 없이 일하는 나무와 가지들을 생각하면, 우리도 인생 겨울 지나는 동안에 춥다고 서글퍼하며 손 놓고 지낼 것이 아니라는 것을 배운다. 자기의 사명을 이루기 위해 묵묵히 일하는 나무처럼 인생 겨울 지나는 동안, 슬퍼하거나 낙담하지 않고 저들 봄꽃들처럼 화려한 옷 한 벌 정성껏 지을 일이다.

영국의 목회자이자 소설가인 존 번연(John Bunyan 1628.11~1688.8)은 허가 없이 복음을 전하였다는 죄목으로 감옥에 12년간 갇혀 사는 동안에 『천로역정』을 썼다. 천국에 이르는 순례의 역정을 기록한 이 책은 약 200개국 언어로 번역되어 성경 다음으로 세계에서 가장 많이 읽힌 책이 되었다. 신약성경 27권 중에서 13권의 성경을 쓴 사도 바울도 그리스도 예수의 복음을 전하다가 죄수의 몸으로 잡혀서 갇힌 로마의 감옥에서 에베소서, 빌립보서 등 그의 주옥같은 옥중 서신을 썼다. 바울이 쓴 서신들은 신약 성경의 절반을 차지하여 오늘날까지 세계 수많은 사람에게 새로운 생명과 믿음의 용기를 심어주고 있다.

프랑스의 시인이며 소설가였던 빅토르 위고(Victor~Marie Hugo 1802.2~1885.5)도 루이 나폴레옹의 쿠데타에 반대하다가 국외로 추방되어 19년 동안의 망명 생활을 하는 중에 『레 미제라블』을 썼다. 이 작품은 19세기 프랑스를 배경으로 쓴 대하소설로서 프랑스 최고의 소설 중의 하나로 꼽히며 서양 문학사의 가장 위대한 소설 중 하나로 호평 받고 있는 작품이다. 오늘날까지 뮤지컬, 영화, 만화, 동화 등 여러 장르에 걸쳐 많은 사람에게 사랑을 받고 있다.

사람들과 만나는 자유, 이동하는 자유를 제한하고 집 안에만 머물도록 만드는 코로나 시기가 일 년이 넘어간다. 4월까지도 봉쇄령이 계속되고 변종 코로나 때문에 이동 제한 조치가 더 강화될 것이라 한다. 추운 인생의 겨울과 같은 이때, 앞으로 꽃피울 인생의 봄을 기다리고 기대하면서 묵묵히 내게 주어진 사명을 이루어갈 때이다. 인생의 겨울 지나는 동안, 어두운 골방에서라도 한 땀 한 땀 바느질하며 고운 옷 한 벌 정성껏 지을 일이다. 신앙이나 음악, 문학 등 불후의 명작을 남긴 인생 선배들과 그들의 고난과 박해를 이겨내는 용기와 도전 정신을 배워가면서…

봄의 색깔인 노란색은 밝음과 빛, 희망을 상징하는 색이다. 노란 병아리가 달걀을 깨고 새 생명을 얻는 그림이 떠오르는 부활절이 가까워져 온다. 독일 사람들 정원에 서 있는 나무의 가지마다 매달려있던 색색 가지 화려한 부활절 달걀을 내 마음 나뭇가지에 걸어놓고 생명의 행진을 뚜벅뚜벅 걷기로 하자.

# 3월의 축복

　지난 몇 년 동안 겨울에 눈이 내리지 않더니 지난겨울에는 눈이 많이 내려서 50대, 60대 어른들도 환호하는 날이 여러 번 있었다. 스마트폰 카메라로 눈이 소복이 쌓인 지붕과 숲속 나무, 눈사람을 만들어 찍어 보내는 사진들이 전송되었다. 기온이 영하로 내려가니, 얼음이 얼어서 이곳저곳 처마 아래 달린 제법 굵은 고드름도 볼 수 있었다. 매서운 바람에 며칠 동안 바깥에 산책하러 나가지도 못하고 집안에서 종일 지내야 했다. 폭풍주의보가 내리기도 했던 겨울이었다. 비가 며칠 내리는가 했는데 비 내린 후 하늘에 무지개가 뜬 모습을 두 번이나 볼 수 있었다. 어른의 가슴도 환희로 뛰게 만드는 무지개를 놓치기가 아까워 급히 스마트폰 카메라로 찰칵찰칵 찍어서 몇 군데 친구들에게 보냈더니 다들 환호성을 담아서 답 카톡을 보내왔다. 3월 하늘에 뜬 무지개는 코로나 때에도 봄소식 같은 기쁜 일들이 우리 앞에 일어날 것이라는 희망을 심어준다.

산책길 들판에, 독일 집 정원에 피어난 3월의 봄꽃들을 바라보면서 봄 햇살의 손이 참 길다고 생각하였다. 죽은 듯 보이던 마른 가지마다 꽃눈이 울긋불긋 싹트고 연둣빛 새싹들도 돋아나고 있다. 햇살의 손이 마른 나뭇가지에 닿아서 '이제 봄이니 겨울잠을 그만 자고 밖으로 나오렴' 하는 듯싶었다.

3월에 세 자녀의 막내인 외동딸이 태어났다. 두 아들을 키우며 어머니가 되는 기쁨을 맛보았다. 첫아들은 첫째 아기라서 신기하고 바라보기만 하여도 기쁨을 주었다. 둘째 아들은 낯선 외국에 와서 대학교 안에 있는 부부 기숙사에서 생활하며 고생할 때 태어난 아기라서 우리 부부에게 큰 위로와 기쁨이 되었다. 몇 년 동안 두 아들을 키우다가 삭막한 외국 생활에 두 아들만 있으니 딸을 가졌으면 좋겠다고 하였더니, 남편은 둘째 아들이 재롱을 많이 피우고 딸처럼 애교가 많으니 굳이 딸을 낳지 않아도 된다고 말하였다. 맨손으로 낯선 땅에 삶의 뿌리를 내려야 하는 외국 생활에 자식을 키우는 일이 시간적으로나 재정적으로 여유가 없기 때문이기도 하였으리라. 주위 선배들이나 친지들은 그래도 딸이 있어야 한다고 하며 딸을 낳았으면 좋겠다고 말해주었다. 그분들의 말이 아니더라도 나는 딸을 낳아 키우면 독일 여대생들이나 독일 여성들을 더 잘 이해할 수 있겠다고 생각하였다. 또 딸아이가 그들의 좋은 친구이며 멘토가 되어줄 수 있겠다는 희망을 품었다.

1995년 3월, 내가 만 35살, 정확히 말해 두 달 후 만 36살이 될 때 외동딸이 태어났다. 아기를 낳기 전에 산부인과 의사는 만 35살이 넘는 산모들은 미리 검사하여 태어날 아기가 장애가 있는지 알아볼 수 있다고 말하며 검사해보겠냐고 우리 부부에게 물었다. 나는 검사받지 않겠다고 말하였다. 장애인으로 태어나든 정상인으로 태어나든 우리 아기로 태어나는 이상, 부모로서 책임을 지고 키워야 한다는 생각이었다. 두 아들 후에 태어난 막둥이 외동딸은 정상적인 건강한 아기로 태어났다. 만 두 살이 되었을 때부터 딸은 두 아들이 자랄 때와는 달랐다. 내 뾰족구두를 신어보기도 하고, 얼굴에 내 얼굴 크림도 발랐다. 아들을 키울 때 볼 수 없었던 모습이었다. 태어날 때부터 모성이 있는지 복슬복슬 털이 달린 곰 인형을 '바니사'라고 이름 붙이면서 기저귀도 갈아주고 코도 닦아주며 애지중지 아기처럼, 친구처럼 옆에 두고 놀았다. 마침 한국에서 유럽 여행 중에 독일에 들르셨던 큰 시누는 딸이 아기 침대 안에서 혼자 잘 놀면서 울지도 않고 순하다고 '순둥이'라고 불러주셨다.

그런 딸이 이제 어느덧 만 26살이 되어서 친구 세 명을 집에 초대하였다. 코로나 때라 될 수 있으면 함께 모이지 않으려고 하는데 장미꽃다발과 화분, 생일 케이크 등 선물을 준비하여 찾아준 친구들이 고마웠다. 그들은 오히려 코로나 때에 집에서 생일 축하 모임을 할 수 있도록 해주어 내게 고맙다고 말하였다. 딸 생일에 우리 집에서 그 친구들이 모이는 일도 이제 많아야 한두 번 정도 아닐까 싶다.

우리 부부에게 태어나면서부터 많은 기쁨을 안겨 주었고, 많은 이들의 좋은 친구로 잘 자라주어서 고마운 마음이다. 딸이 시집을 가게 되어 우리 곁을 떠나는 날이 올 때까지 더 귀하게 여기고 사랑을 부어주어야 하겠다. 그날이 점점 가까이 다가오고 있다. 3월의 축복이었던 딸이 우리 곁을 떠날 날이….

# 조화와 진짜 꽃

어느 날, 작은 난초 화분에서 방울방울 줄지어 달린 하얀 꽃송이들이 눈에 띄었다. 겨우내 말라서 죽은 줄 알고 있던 가지에서 꽃을 피운 난꽃이 기특하고 신기하였다. 마침 옆에 있던 남편에게 "난초꽃이 죽은 줄 알았는데 다시 이렇게 예쁘게 피었네요." 하며 들뜬 목소리로 말하였다. 남편은 가만히 그 꽃 화분을 바라보더니, "생화가 아니라 조화인데?"라고 말하는 것이 아닌가! 그 말에 놀라서 다시 한 번 꽃을 쳐다보았지만, 생화인지 조화인지 잘 구분이 되지 않았다. 가지에 달린 딱딱한 초록색 꽃잎을 만져 보이면서 남편은 그 꽃이 '조화'라고 거듭 말하였다. 그제야 언젠가 그 조화를 다른 색 화분에 바꾸어 넣고 다른 창문가에 놓아두었던 기억이 떠올랐다. 그래서 늘 보아오던 조화인 것을 알아차리지 못하였다.

요즘 호텔이나 식당, 사무실 등에 화분이나 꽃병에 조화가 많이 꽂혀 있다. 얼핏 보면 진짜 꽃 같은데 자세히 만져보거나 들여다보면 인공 조화이다. 생화처럼 보이게 하기 위해 벌레가 갉아먹은 듯한 꽃잎도 달려있고 꽃송이들도 진짜 꽃처럼 정교하게 잘 만들어져 있다. 작은 조화 화분을 어느 사무실에서 보고 난 후에 영감이 떠올라서 〈조화(造花)〉라는 시를 쓴 적 있다.

가느다란 줄기
그 줄기 끝, 방울방울 열매
한 귀퉁이 벌레 갉아먹은 잎사귀

함초롬히 핀 꽃 만난 반가운 마음 실어
너는 꽃이야! 말하려는 순간,
아, 다가가도 향기 뿜지 않네.
살랑거리는 숨결에도 꽃잎 떨리지 않네.

검은 땅속 깊이 파묻혀
썩어 문드러지는 인고의 시간 거치지 않아
단단한 흙 뚫고 싹 틔우는 아픔 몰라
화려한 부활의 생기 보이지 않네
그윽한 향기 맡을 수 없네.

진짜보다 더 진짜같이 보이는
가짜 꽃!

생화와 조화의 차이는 향기에 있다. 조화는 아무리 화려하고 우아하게 보여도 향기를 맡을 수 없다. 진짜 꽃에는 그 꽃이 뿜어내는 다양한 향기가 있다. 아카시아 향기, 라일락 향기, 장미꽃 향기는 그 옆을 지나가는 이들에게 새로운 향기의 나라로 초대하는 친절을 베푼다. 그 향기는 땅속 깊숙이 떨어져서 아픔과 어두움, 외로움의 진통을 겪고 난 뒤에 비로소 꽃을 피우며 우러나는 목숨의 향기, 고통을 이겨낸 인내의 향기이다.

지난 일 년 이상 코로나 시대를 견디어내고 있는 우리 세대가 아름다운 자유의 꽃향기, 가까이 있는 가족과 이웃을 더욱 소중히 여기는 사랑의 꽃향기를 뿜어내는 날들이 오기를 바라도 좋지 않을까?

# 제자리를 지킨다는 일


정원과 마당이 있는 집에 살기 시작하면서 왕성한 생명력을 가지고 자라나는 잡초를 뽑아주기도 하고 마당 틈새에 피어난 작은 풀들도 뽑아주곤 한다. 생명이 있는 식물인데 깨끗하고 단정하게 보여야 할 마당 돌 틈 사이에 피어났다고 뽑고 있으면 저절로 "미안해"라는 혼잣말이 튀어나오곤 한다. 정원 잔디밭 끝머리 한쪽에 개미군단들이 부지런히 왔다 갔다 하며 두툼한 흙으로 둔덕을 쌓고 드문드문 방공호처럼 구멍이 뚫린 개미집을 만들고 있었다. 바로 집 안으로 들어가는 현관문 앞쪽이라 보기에 좋지 않아서 개미집을 무너뜨리고 반듯하게 흙을 다시 쓸어놓는다. 그러나 마음 한쪽에서는 열심히 집을 짓느라 분주했던 개미들에게 또 "미안해"라고 말하고 있다. 마당 돌 틈 사이가 아니라 제 자리에 피어났으면 좋았을 작은 풀들, 정원 잔디밭이 아니라 들판에 피어났으면 좋았을 야생풀들을 보며 각자 자기가 설 자리를 알고 제 자리를 지키는 일이 중요하다는 생각이 든다.

아무리 좋아 보이는 장소라 하더라도 제 자리가 아니라는 생각이 들면 가지 않아야 한다. 가장이 지켜야 할 자리를 지키지 않으면 모든 가족이 고생한다. 어머니나 아내가 지켜야 할 자리를 떠나면 남편과 자녀가 고통을 당한다. 자녀가 지켜야 할 자리를 지키지 않고 가출하거나 탈선하면 부모가 큰 아픔을 겪는다.

젊은 시절에 한 은사님이 하신 말씀 중에 인상적인 말이 있다. 모든 물건이나 사물이 있어야 할 제자리에 있는 것이 가장 아름답다는 내용의 말이었다. 예를 들어 신발은 신발장에 들어있어야 하는데 깨끗한 방안이나 심지어 책상 위에 놓여있을 때는 아름답거나 어울리지 않아 보인다. 꽃을 담은 꽃병도 제자리에 있으면 더 눈에 띄고 주위 분위기도 살아난다. 심지어 책상이나 책장, 장식장 등 가구도 더 돋보이는 제자리가 있다.

올 5월, 남편이 부호 사업가로서 컴퓨터 사업을 세계화하고 아내와 함께 부부 공동명의로 자선재단까지 세워서 여러 자선사업을 펼치며 모범 부부, 잉꼬부부처럼 보였던 결혼 27년차 부부의 이혼 발표는 충격적이었다. 결국, 그 사업가가 가정에서 아버지로서, 남편으로서의 제자리를 지키지 않았던 이유가 컸던 것을 알 수 있었다.

내가 지켜야 할 자리가 여러 자리가 있을 수 있다. 딸이나 아내, 어머니로서의 자리 또 사회에서 직장인이나 선배로서의 자리, 책임자나 선구자로서의 자리를 잘 지키고 지켜내는 일이 중요하다.

성경에서는 사단이 본래 천사였으나 자기 자리를 지키지 않고 교만해졌을 때 천사의 지위를 잃고 사단이 되었다고 기록하고 있다. 오늘 내가 나의 자리를 잘 지키고 지켜내고 있는지 돌아보면서 제자리를 잘 지켜나갈 때 가장 아름답고 보람된 삶을 살게 되지 않을까? 우리의 어머니들이 가난하고 힘겨운 가정이나 나라에서 어머니 자리를 몸이 부서지도록 지켜내셨을 때 그 자녀들이 올바로 자라고 그들이 또 올바른 사회와 나라를 만들어냈듯이… 우리의 아버지들이 아들의 자리, 가장의 자리를 끝까지 지켜냈을 때 할머니, 어머니들이 행복해지고 자녀들이 건강하고 밝게 잘 자랐듯이….

# 4월의 묵상

새봄의 희망을 알리는 3월, 그리고 장미와 라일락 등 꽃향기가 넘실거리는 5월 사이에 들어 있는 4월은 별로 두드러져 보이지 않는 달이다. 부모의 관심과 주목을 받는 첫째 아이와 귀염과 사랑을 많이 받는 셋째 사이에 태어난 둘째 아이처럼. 그러나 4월은 죽은 듯한 대지에서 새 생명이 돋아나는 부활의 달이며 희망의 달이다.

순결하고 우아한 꽃봉오리로 찬란하게 피어나는 목련도 4월에 핀다. 하얀 목련은 우아함 그 자체이고 자목련은 애처롭게 보이면서도 속으로 깊은 향기를 지닌 여염집 여인의 자태이다.

4월의 한 산책길에서 아버지를 떠올렸다. 아버지 생신이 4월이라는 생각이 들어서였다. 만 66살에 세상을 떠나신 아버지가 찬란히 피었다가 땅에 허무하게 떨어진 목련 꽃송이 같다는 생각이 들었다. 어릴 적부터 총명하셔서 친할아버지가 7남매 중 유일하게 대학 공부를 시키셨다는 아버지. 큰아버지는 상업고등학교에 들어

가셔서 집안의 살림을 도우셨는데 둘째 아들인 아버지를 대학에 보내셨다고 하셨다. 당시 고려대학교 법과에 입학하셨고, 영어 통역관으로도 일하셨다고 하셨다. 아버지는 결혼 10년 후부터 가족을 떠나 사시다가 뇌졸중으로 쓰러지신 몇 달 후에 돌아가셨다. 활짝 피셨다가 처연하게 인생의 꽃잎을 접고 땅에 떨어지신 아버지가 4월의 목련처럼 여겨졌다.

독일에 와서 7년 만에 처음으로 어머니 만 60세 생신 축하 모임에 참석하기 위해 한국 여행을 하였다. 그 6년 후에 아버지가 요양원에서 돌아가셨다. 그러고 보니 아버지 생신 축하도 제대로 해드리지 못하였던 불효녀라는 생각이 들었다. 9살에 아버지와 헤어져 살다가 그나마 결혼한 지 3년 후에 훌쩍 독일로 떠나버렸으니….

올 5월, 가족이 모여 저녁 식사를 하면서 내 생일 축하 케이크를 나눌 때 만 5살 첫 손녀가 하트 표시를 몇 개씩 그린 그림 아래에 독일어로 '할머니'라는 뜻인 '오마'라고 쓰고 한국말로 "생일 축하합니다."라고 쓴 카드를 건넸다. 한국말 쓰기를 배운 지 얼마 되지 않는데 첫 한글 솜씨를 보인 셈이다. 일곱 살, 다섯 살, 네 살, 두 살인 네 손주가 식탁에 함께 둘러앉아 모두 작은 입으로 생일 축하 노래를 아빠 엄마 손을 잡고 불러주었다. 어느덧 이십대 중반, 삼십대가 된 세 자녀의 축하 인사와 정성스러운 선물도 받았다. 내가 이런 행복을 누리는 것은 아버지가 미처 다 피우지 못한 인생의 꽃을 나와 내 자녀들이 피우라고 하시는 뜻이라는 생각이 들었다.

매년 4월이 오면 하늘 향해 날아갈 듯 찬란하게 피어있는 목련과 그 나무 아래 처연히 떨어진 목련 잎을 바라보며 아버지를 기억하고 추모하며 살리라.

내 자녀들아! 너희가 이 독일에서 행복하게 사는 것은 네 친할아버지, 할머니가 너희 아버지를 6남매 가운데 막내로 낳아 키워주시고, 외할아버지와 외할머니가 나를 4남매 맏딸로 낳으셔서 인생의 시련과 아픔 속에서 희생적으로 키워주신 은혜와 사랑 덕분인 것을 잊지 않았으면 좋겠구나!

백세 시대에 아버지는 짧은 인생을 살고 가셨지만, 아버지의 분신인 네 명의 자녀와 여덟 명의 손주, 그리고 어린 증손주들이 한국과 독일에서 가지를 뻗으며 오늘도 무럭무럭 자라고 있다.

## 2

### 라인강에
### 뜨는
### 무지개

마인츠 하늘에 뜬 무지개 (2021년 3월)

# 고통받는 이들의 어머니

집에서 십여 분 걸어가면 오래된 성당이 우뚝 솟아 있다. 십여 개의 계단을 올라가면 성당으로 들어가는 정문이 보인다. 정문 왼쪽으로 몇 발자국 걸어가면, 벽면에 움푹 팬 공간에 십자가에 죽으신 예수님을 무릎에 안고 성모 마리아가 그를 슬프게 내려다보는 조각상이 있다. 그 아래 벽면에 독일어로 다음과 같은 문장이 새겨져 있다. "주의하여 보아라. 나의 고통과 비교할 수 있는 고통이 있는지 보아라."

이 돌에 희미하게 새겨진 문장을 처음에 읽었을 때, 십자가에 못 박혀 피를 쏟으신 예수님의 극심한 고통을 말하는지 아니면 아들의 처참한 죽음을 목격해야 했던 예수 어머니 마리아의 고통을 말하는지 혼돈이 되었다. 그러나 몇 번 반복하여 읽어보면서 성모 마리아의 고통과 슬픔을 표현한 글이라는 생각이 들었다. 이 벽면을 따라 성당 마당으로 나가는 조그만 꽃길이 있다. 벽면을 따라가면서 띄엄띄엄 사이를 두고 팬 공간마다 작은 조각상이 새겨져 있다. 그 조각상들이 성모 마리아의 일곱 고통을 새겨 놓은 것임을 알게 되었다. 첫 조각상은 아기 예수님을 본 선지자 시몬이 앞으로 마리아가 예수 어머니로서 칼에 찔림을 받는 듯한 고통을 당할 것이라고 말한 예언을 그려놓았다. 두 번째 조각은 두 살 아래 아기를 모두 죽이도록 명령했던 헤롯왕의 핍박을 피하여 아기 예수를 안고 밤에 일어나 이집트로 피신을 떠나야 했던 고통, 세 번째는 유월절 축제로 예루살렘에 올라갔을 때 12살 어린 예수가 며칠 사라져 찾으러 다니던 고통, 네 번째는 십자가를 지고 골고다로 가는 예수를 바라보아야 했던 고통, 다섯 번째는 십자가에 못 박히는 예수를 목격해야 했던 고통, 여섯 번째는 예수의 시신을 십자가에서 내려야 했던 고통, 일곱 번째는 아리마데 요셉과 함께 예수를 무덤에 묻고 장사해야 했던 고통이다.

인류의 메시아 예수를 잉태하는 큰 은총을 입었던 마리아는 아들 예수의 처절한 십자가의 죽음을 지켜보아야 하는, 칼에 찔리는 듯한 고통도 겪어야 하였다. 마침내 아들의 시신을 무릎에 눕히고 바라보는 어머니의 마음이 어떠했겠는가. 나도 어머니로서 매번 해산의 큰 고통 가운데 세 자녀를 낳고 키우며 고통과 아픔을 겪을 때가 많았지만 예수 어머니 마리아의 고통에는 감히 비교할 수가 없다.

아들 예수의 시신을 안고 있는 마리아의 고통과 비애를 조각한

미켈란젤로의 피에타상은 널리 알려져 있다. '피에타'라는 말은 본래 '자비를 베풀어주소서' '하나님, 도와주소서'라는 뜻인데 14세기경 독일에서 시작된 기독교 미술 주제이다. 어머니 마리아의 고통과 비애를 나타낸 조각상을 보면서 가톨릭 신자들이 성모 마리아에게 기도하는 이유를 좀 알 것 같았다. 아들의 처절한 죽음을 목격하고 그 시신을 끌어안고 얼마나 칼에 찔린 듯한 아픔과 고통을 느꼈을까? 그러한 아픔과 고통을 당한 마리아가 크고 작은 고통과 비애를 겪는 다른 이들을 위로하고 극복할 용기를 줄 수 있을 것으로 믿었을 것이다.

사랑하는 자녀를 전쟁이나 병, 불의의 사고로 먼저 떠나보냈던 수많은 부모, 특히 자녀를 위해 몸이 찢어지고 뼈가 부스러지는 듯한 해산의 고통을 겪으며 평생 자녀를 위해 고통과 아픔, 슬픔을 겪어야 하는 어머니들에게 마리아의 물음이 위로가 되길 바라는 마음이다. '나의 고통과 비교되는 고통을 가진 자가 있는가?' 하고 묻는 마리아의 물음에 나도 위로를 받았다. 내가 어머니로서 겪고 당하는 고통과 아픔, 슬픔은 일곱 개의 칼에 찔린 듯한 아픔과 고통을 겪은 성모 마리아의 그것에 감히 비할 바가 못 되기에….

마리아는 그 고통과 비애를 겪은 후, 예수의 부활과 승천으로 말할 수 없는 큰 위로와 축복을 받았다. 오늘도 자녀를 위해 헌신하고 눈물로 기도하는 어머니들에게 위로와 축복이 있기를! 그러한 위대한 어머니들이 많은 세상이 되기를!

# 세계 여성의 날

매년 3월 8일은 세계 여성의 날이다.

세계 여성의 날이 여성 단체나 여성 운동을 한 적이 없던 나와는 특별한 관련이 없는 날인가 싶었다. 그러나 다시 생각해보니, 내가 학업을 마치고 한국에서 3년 동안 다녔던 첫 직장은 세계 여성의 날 덕분에 생긴 한국여성개발원, 지금의 한국여성정책연구원이다.

1983년 4월에 한국여성개발원이 발족하였다. 석사 과정 이상을 마친 연구원들을 공개 채용한다는 광고를 읽고 지원하여 1983년 9월부터 근무하게 되었다. 원장과 부원장은 물론이고 조사연구실, 정보자료실 등 네 개로 이루어진 부서의 네 명의 실장이 모두 여성이었다. 150여 명에 이르는 연구원들도 모두 석사, 박사 출신의 여성들이었다. 한마디로 꿈같은 여성 천국의 직장이 한국 역사상 처음으로 탄생한 것은 남녀 성차별과 여성 폭력에 대항하여 여성의 인권을 찾기 위한 세계 여성 운동가들의 노력과 '세계 여성의 날'

덕분이었다.

대학교에서 독어독문학을 전공, 영어영문학을 부전공으로 공부한 덕분에 정보자료실에 근무하게 되었다. 여성 관계 자료를 수집 보관하고 매달 여성 관계 소식을 싣는 월간 소식지 〈여성개발소식〉과 계간으로 발간되는 『여성 연구』 책을 발간하는 일을 함께하였다. 첫아기를 낳은 후, 8주까지 낼 수 있었던 산후휴가를 보낸 후에 다시 출근할 수 있었던 것도 당시 남성 중심의 직장에 다니던 직장 여성들에게는 부러움을 살 만한 일이었다.

그렇게 한국 여성들에게 꿈같은 첫 직장을 3년 동안 다니다가 사표를 내고 독일에 왔다. 독일에 정착하기 위해 필요했던 노동허가서와 체류허가서를 얻기 위해 딸이 만 8개월 아기일 때 프랑크푸르트에 마침 일자리가 생겨서 취직하게 되었다.

남자 주재원들이 근무하는 직장에서 비서 일도 하면서 날마다 독일 유력일간지 프랑크푸르터 알게마이네 차이퉁(Frankfurter Allgemeine Zeitung)과 경제신문 한델스블라트지(Handelsblatt), 디 벨트(Die Welt) 신문에 실리는 중요한 정치, 경제 기사를 10개 내지 12개 정도를 뽑아 한국어로 번역, 요약하여 날마다 팩스로 한국 기업 100여 군데에 발송하는 업무를 맡았다. 이 역시 독어독문학을 전공한 덕분이었다. 그러나 9명의 직원 중 한국 직원은 주재원으로 파견되어 오신 관장, 부관장, 세 분 과장님을 제외하고는 나뿐이었다. 나머지 세 직원은 독일 현지인들이었다. 아침에 출근하면 직원들을 위해 커피를 올리고, 관장님 이하 과장님들이 지난 저녁과 밤에 남겨놓은 책상 위 재떨이를 비우는 일도 유일한 한국인 여직원인 나의 업무에 들어갔다. 아버지와 남편의 재떨이를 비워본 적이 없던 나는 매일 출근하면 관장님과 과장님들 책상을 정리해주는 일, 커피 타는 일을 한 후에 내 책상에 앉아 번역 업무를 보았다. 독일에서 오래 근무하셔서 여성 차별적인 생각이 거의 없으셨던 관장님 덕분에 인격적인 대우를 받을 수 있었고 그분이 적극적으로 도와주셔서 근무를 시작한 지 6개월 만인 1996년 7월에 노동허가서와 체류허가서를 받을 수 있었다. 관장님은 당시 김대중 대통령이 당선되면서 청와대 비서관으로 한국에 들어가시게 되었다. 나와 우리 가족이 독일에 체류할 수 있도록 도와주신 고마운 분이다.

2000년 12월을 끝으로 마인츠에서 프랑크푸르트까지 출퇴근 세 시간의 직장 근무 생활 5년은 막을 내렸다. 2000년 8월에 독일 시민권을 받고 딸아이가 만 6살이 되어 초등학교에 입학하면서 가정과 자녀교육을 위해 직장을 그만두기로 하였다.

직장을 그만둔 후, 퇴근 시간 없는 가정 근무 생활이 본격적으로 시작되었다. 남편은 내가 일하던 5년 동안, 전일제로 근무하던 직장에서 파트 타임으로 바꾸어 근무하며 세 자녀를 돌보았는데 다시 종일제로 바꾸어 직장 근무하였다. 남편이 직장에서 퇴근하여 집에 돌아오면, 저녁 식사 준비를 하던 나는 "아직 나는 퇴근 못

했는데 벌써 퇴근하네요?" 하며 퇴근해오는 남편을 맞는 인사를 하곤 했다. 남편이 집안일을 도와준다고는 하지만 종일 직장을 다니니, 결국 집안일은 엄마와 아내인 나의 몫이었다.

남녀평등시대를 맞으면서 조선 시대나 유교 영향을 받았던 우리 할머니나 어머니 시대를 많이 벗어났다. 딸이라고 해서 고등학교만 졸업하고 시집만 잘 가면 된다는 생각은 이미 오래된 옛날이야기가 되었다. 비싼 등록금을 내고 대학 4년을 졸업한 여대생들은 결혼과 함께 대부분 가정 근무 생활에 들어간다. 육아의 책임은 거의 어머니가 떠맡기 때문이다. 직장과 가정을 병행하기 힘든 여성들은 친정 식구나 시가의 도움, 혹은 타인의 도움에 의지할 수밖에 없다. 그래도 여전히 직장이나 가정에서 성차별적인 대우나 의식이 깔려있어서 21세기인 지금도 여전히 한국이나 미국, 모슬렘권 나라 등 세계적으로 미투 사건이나 여성 폭력 사건이 그치지 않고 있다.

성경에서는 창조주 하나님이 아담인 남자를 먼저 만드시고 그의 갈비뼈에서 여자를 만드셨다고 기록되어있다. 결국, 한 몸에서 남자와 여자가 만들어졌으니 차별을 둘 이유가 없다. 또한, 아담 이외의 모든 남자는 여자인 어머니로부터 만들어졌으니 여성을 차별한다는 것은 자신의 어머니나 딸, 누나 여동생을 차별하는 것이다.

한국여성개발원, 지금의 한국여성정책연구원이 발족한 지 40여 년, '세계여성의 날'이 시작된 지 백십 년이 지난 지금, 조남주 작가가 쓴 소설 『1982년생 김지영』이 영어와 독일어 등으로 번역되어 세계 문학계에 큰 반향을 불러일으키고 있다는 것은 이 소설에 나오는 여성이 겪는 차별과 정신적 폭력이 2021년인 오늘날도 많은 여성과 사회의 공감을 받는다는 방증이다.

결혼한 지 38년이 되는 우리 부부도 대화 가운데 다른 생각이나 의견으로 부딪혀서 내 생각이나 주장을 펼치면 "여자가… "라고 말하며 남편이 말을 막을 때가 가끔 있다. 그 말 앞에서 나는 잠시 좌절한다. 아, "여자가… "라는 생각을 남자들은 아직도 하고 있구나 하고 말이다. 창조주 앞에 동등하게 사명을 함께 이루어가도록 협력자로 만들어졌는데, 대학교육을 받고 남녀평등시대를 거쳤는데도 이 뼛속 깊이 심어진 남자의 우월감을 어찌할거나. '1982년생 김지영'이도 겪었는데 20년 이상 이전 세대인 남편을 이해해주고 받아주어야 할까 아니면 나도 "남자가… "로 대응해야 할까. 남편은 큰아들이라는 말대로 어머니의 마음으로 큰아들을 품어주어야 할까. 그런데 언제까지? 죽음이 우리를 갈라놓을 때까지가 아닐지? 그래도 꾸준히 한 걸음 한 걸음 여성의 목소리를 내고 선한 영향력을 끼쳐갈 때 가정과 학교와 사회에서 여성을 인격적인 한 인간으로 존중하는 시대가 어느 날 우리 앞에 다가오리라는 희망을 품어보자. 그래도 그때보다는 지금 여성들이 세계를 움직이는 것이 눈에 보이지 않는가. 독일은 지난 16년 동안 앙겔라 메르켈 수상을 수장으로 하여 유럽의 중심축이 되는 탄탄한 입지를 쌓아 올렸다. 최대의 선진국이라고 불리는 미국에서조차 아직 여성 대통령이 나온 적은 없고, 올 1월에서야 미국에서 최초의 여성 부통령이 탄생하였다. 여성이기 때문에, 흑인이기 때문에 또는 아시아인이기 때문에 차별받는 사회나 국가는 아직 시민의식이 부족하고 인간존중 사상이 결여되어있다는 증거일 뿐이다. 어린이, 여성, 노인을 약자로 무시하는 것이 아니라 각자 한 인격을 가진 인간에 대한 존엄성을 귀히 여기고 존중하는 마음 자세를 가지는 길이 우선되어야 한다.

세계 여성의 날은 바로 오늘을 여성의 날로 생각하고 어머니나 아내, 딸들과 직장여성들을 존중해줄 때 일 년에 한 번씩 치르는 행사의 날이 되지 않고 언젠가 그 진정한 의미가 살아날 것이다.

# 한국 여성 교육의 선각자, 메리 스크랜튼

　대학을 졸업한 지 올해 40년이다. 독일과 오스트리아에 사는 대학 동창들이 모여 만든 독·오 동창회 회원이 70명이 넘는다. 일년에 한 번 독일에서 총동창회로 모이다가 오스트리아에 사는 동창들이 늘어나면서 가끔 오스트리아에서도 총동창회 모임을 했다. 동창 중에는 졸업 50여 년, 60여 년이 넘는 대선배들도 있다. 대학 졸업한 지 얼마 되지 않아 독일에 온 이십 대나 삼십 대 후배들과는 어머니와 딸 관계 혹은 할머니와 손녀 관계일 정도로 서로 나이 차가 많이 나기도 한다. 그러나 엄연히 동창 관계이고 다만 선배, 후배로 나누어진다. 그동안 비교적 동창들이 많이 사는 프랑크푸르트나 근처 도시에서 동창 모임을 했는데 대부분 가정이나 직장 일로 바쁘고 지역적으로 멀리 떨어진 곳에 사는 동창들도 많아서 잘 모이지 못하여 동창회 존폐 위기까지 간 적도 있었다. 그러나 다만 몇 명이라도 동창회를 지속하자는 의견을 모으던 차에 코로나 사태가 생겼다. 이때 공간을 뛰어넘을 수 있는 단체 카톡방을 동창회장이 만들었다. 카톡방을 만드니 때마다 연락을 주고받을 수 있게 되어 지금은 독일과 오스트리아 각 도시에 사는 동창 32명이 단체 카톡방에서 함께 지낸다.

대학 4년을 다녔을 뿐인데 대학 동창이라는 소속감은 대학 졸업 후 평생을 따라다니는 것을 본다. 올 5월에 대학 창립 135주년 기념으로 열린 동창 감사찬양 예배 링크를 동창회 총무가 이메일로 보내 주었다. 코로나 때라 온라인으로 예배를 드렸는데 각 나라에 사는 동창들이 각각 찬양을 녹음하여 마치 한 장소에서 찬양하는 듯한 멋진 분위기를 연출하였다.

1886년에 미국 감리교단의 메리 스크랜튼(Mary F. Scranton 1832년 11월~1909년 10월) 선교사가 한 명의 여학생을 데리고 한국 여성 교육의 꿈을 펼쳤던 이화학당은 135년이 지난 지금, 24만 명이라는 졸업생을 배출하여 세계 곳곳에 이화인들이 활약하고 있다. 명성황후로부터 '배꽃같이 순결하고 아름답고 향기로운 열매를 맺으라'는 뜻의 '이화'라는 친필의 학교 이름을 받았다. 캠퍼스 곳곳에 아름답게 핀 배꽃 나무 모습을 보면서 대학 4년과 대학원 2년, 이십 대 초반의 젊은 시절을 보냈다.

내가 대학 다닐 당시에, 창립자인 스크랜튼 선교사의 흉상이 바로 독어독문학 강의실이 있는 문리대학 앞 잔디밭에 세워져 있었다. 40세 때 남편과 사별하고 1885년 만 52세의 나이로 한국에 온 최초의 감리교 여선교사이다. 미지의 나라 한국에 와서 여성 교육에 힘쓴 스크랜튼 선교사는 한국에 의료선교사로 왔던 아들 윌리엄 스크랜튼(William Scranton 1856년 3월~1922년 3월) 선교사 내외와 함께 한국 교육선교, 의료선교에 헌신하다가 그녀의 유언대로 한국 땅 양화진 선교사 묘지에 묻혔다. 이화여자고등학교와 이화여자대학교의 전신(前身)인 이화학당을 세웠고 1905년에는 미국에서 온 프라이(Lulu Frey 1868~1921) 선교사에게 이화학당을 맡기고 삼일 소학당, 공옥 여학교, 매일 여학교를 창립하였으며 인천 영화여자정보산업고등학교의 전신인 매향여자정보고등학교 등을 세웠다. 그 후에 진명, 숙명, 중앙 여학교 설립도 도우면서 한국의 여성 교육이 자리를 잡게 되었다. 그뿐만 아니라 이화여자대학교 병원의 전신인 한국 최초의 근대식 여성병원인 '보구여관(普求女館)'을 설립 운영하였다. 한국 민족을 사랑하고 한국 여성들이 교육의 기회를 얻고 병원에서 치료받을 수 있도록 여성들만의 병원인 보구여관을 세웠던 스크랜튼 선교사가 있었기에 오늘날 수많은 한국 여성 지도자들이 세계 각처에서 영향력을 발휘하고 있다.

1939년에 김활란 박사가 최초의 한국인 총장이 되었고, 그를 뒤이어 1961년에 김옥길 총장이 40세의 나이에 총장이 되어 1979년까지 이화여자대학교 발전을 위한 선구자 역할을 하였다. 마침 올해 김옥길 총장 탄생 100주년을 기념한 행사가 열렸고 대학 후문에 김옥길 기념관이 세워졌다. 내가 대학에 입학하였을 때 대강당에서 신입생들과 학부모들이 모인 입학식이 열렸다. 둥글고 인자한 얼굴에 두꺼운 안경을 쓰고 짧은 한복 치마와 저고리를 입으신 김옥길 총장님이 하신 말씀은 아직도 기억에 남아있다. 딸들과 함께 입학식에 참석한 학부모님들에게 주신 말씀인데 '대학생이 된 딸들에게 앞으로 물고기를 잡아주지 말고 물고기 잡는 법을 가르쳐주시라'는 당부였다. 대학에서 나는 일 년 동안 교지 〈이화〉 편집위원 6명 중 한 명이 되어 두꺼운 교지를 만들어내는 보람을 맛보았다. 이때 활동했던 편집일은 후에 첫 직장이었던 한국여성개발원에서 월간 소식지 〈여성개발소식〉 편집을 하는 일로 이어졌다. 그리고 독일에 온 후에는 독일과 유럽 거주 동포 문인들의 창작 작품집인 〈재독한국문학〉 〈유럽한인문학〉 등을 맡아 편집하였다.

매주 수요일 점심시간에 대강당에서 열렸던 채플 시간은 찬송가를 함께 부르고 교목 선생님의 설교를 듣는 시간이었다. 재학생들이 받는 작은 수첩 뒤에 찬송가 곡들이 실려 있었다. 그렇게 4년 동안 기독교 신앙 교육을 받던 대학생들이 가정과 사회에서 크고 작은 여성 지도자들로 성장하여 어느덧 24만 명이라는 동창이 한국과 세계에 흩어져있다. 단 한 명으로 시작되었던 학교가 지난 135년 동안에 24만 명이 넘는 졸업생을 배출하는 대학이 되었던 것이다.

한 사람 스크랜튼 선교사의 비전과 헌신, 김활란 박사와 김옥길 총장을 비롯한 개척자들의 기도와 헌신이 당시 가난하고 교육의 기회를 얻지 못하였던 우리나라 여성들을 교육하고 더 나아가 아시아 제1의 여성 교육기관으로 크게 발전하게 된 것을 본다.

한국의 여성교육과 의료 선교, 교회 개척과 지도자 양성에 헌신하였던 메리 스크랜튼 선교사와 아들 윌리엄 선교사에게 깊은 존경과 감사를 드린다. 그들의 숭고한 헌신과 믿음, 사랑의 열매가 동창 24만 명이고 독일과 오스트리아 동창 70여 명이며 그들이 섬기는 가정과 사회, 국가이다. 독일을 비롯한 각 나라에 흩어진 동창들이 스크랜튼 여사의 정신을 이어받아 그들이 속한 사회와 나라에서 배꽃과 같은 순결하고 아름답고 향기로운 열매를 맺기를 바라는 마음이다. 받은 것을 이웃에게 나누어주는 '나눔과 섬김'의 정신이 스크랜튼 여사의 정신이고 이화의 정신이다.

# 맑은 눈 밝은 눈

　　종일 뚫어져라 노트북에 촘촘히 실린 글자를 읽으며 교정 일을
하여서일까? 게다가 새벽 2시까지 책을 읽어서일까? 잠들기 전에
왼쪽 눈에 좁쌀만 한 티가 들어간 것 같아서 눈을 깜박거리다가 잠
들어서일까? 아침에 일어났더니 왼쪽 눈 절반가량이 붉은 노을처
럼 물들어있었다. 실핏줄이 터진 것 같았다.

그동안 시집이나 수필집 등 책 발간을 앞두고 교정 일을 본 적이
많았어도 실핏줄이 터진 적은 없었는데…. 약사인 대학 후배에게
물어보았더니 며칠 지나면 자연히 나을 것이라고 말하였다. 하루
라도 빨리 낫고 싶은 마음과 컴퓨터 일을 많이 하는 남편을 위해
같이 사용하려고 안약을 주문하였다. 안약을 몇 방울 눈에 떨어뜨
려 넣은 후, 자고 일어나면 눈이 깨끗하게 나을까 싶어서 일찌감치
잠자리에 들었다. 다음 날 아침, 잠자리에서 일어나자마자 거울에
비친 눈을 쳐다보니, 눈은 여전히 붉게 충혈되어 있었다.

혹시 다른 병은 아닐까 하는 생각이 짧게 스쳐 가면서 정상적으로 맑고 깨끗한 두 눈을 가진 것이 당연한 일이 아니라 감사한 일이라는 생각이 들었다. 그리고 시력을 잃었으면서도 문학사에 길이 남는 작품인 『일리어드와 오디세이』를 썼던 호머(Homer)와 『실낙원』을 썼던 존 밀턴(John Milton 1608~1674)이 떠올랐다.

전깃불만 꺼져도 날마다 이 방 저 방으로 다니는 집안에서조차 어디에 방문이 있고, 어디를 가야 계단을 올라갈 수 있는지 손바닥으로 벽을 더듬거리곤 한다. 그런데 날마다 자리에서 일어나 눈을 떠도 깜깜한 어둠밖에 보이지 않는다면…? 그것도 하루 이틀이 아니라 수십 년을 그렇게 어둠 속에서 지내야 한다면 얼마나 절망스러울 것인가. 자신의 처지와 운명을 탓하며 불평과 절망의 시간, 자포자기의 시간을 보내기 쉽다. 그런데 호머와 밀턴은 시력을 잃은 어둠의 세계에 살면서도 정신과 영혼의 눈으로 보석같이 빛나는 문학 작품을 남겼다.

그들의 불굴의 창작 정신, 인류사에 불멸의 작품을 남기려고 했던 그들의 인류애를 앞으로도 한참 배워야 하는 나의 유약한 모습을 바라보게 되었다. 두 눈으로 푸르디푸른 하늘, 날개를 퍼드덕거리며 창공을 나는 새들, 계절마다 어여쁘게 고운 색으로 단장하고 피어나는 향기로운 꽃나무들, 사랑하는 어머니, 남편이나 아내의 얼굴, 자녀의 얼굴을 바라볼 수 있는 두 눈을 가지고 있다는 것은 얼마나 큰 은혜이고 축복인가!

며칠 동안 눈에 안약을 넣으면서 눈을 조심조심 다루었더니 왼쪽 눈동자를 물들이던 붉은 노을이 사라지고 찬란한 햇빛이 눈동자에 다시 깃들었다. 맑게 빛나는 두 눈의 아름다움! 하늘과 구름, 너른 바다까지도 담을 수 있는 두 눈의 놀라운 시력! 이 놀라운 두 눈을 다시 가졌으니 오늘만큼은 세상 아무것도 부럽지 않다.

# 독일인 치과 의사

독일에 살면서 정기적으로 일 년에 한두 번은 치과에 다니고 있다. 웬만한 치료는 의료보험으로 다 치료되니, 치석을 제거해주는 기본적인 치료를 받거나 치통이 있을 때 치과에 가곤 한다.

몇 주 전부터 오른쪽 윗니가 아파서 음식을 잘 씹을 수가 없었다. 차가운 물이나 주스를 마시면 이가 시리고 아파서 왼쪽으로 기울여 마셔야 했다. 이가 아프고 음식을 잘 씹고 삼킬 수 없으니 힘이 없고 매사에 의욕도 사라지는 것 같았다. 치료를 받아야 하겠기에 예약을 하고 치과에 갔다. 친정어머니가 예전에 가끔 치아 치료를 받으시면서 이가 중요하니 이 관리를 잘 하도록 말씀해주셨던 기억이 났다.

진찰대 위에 올라서 비스듬히 누워 진료를 기다리는데 의사가 와서 여느 때처럼 미소 띤 얼굴로 안부 인사를 묻는다. 그리고 이런저런 얘기를 해준다. 많은 환자를 다루고 피곤할 터인 오후 5시인데도 피곤한 기색이 없다. 요즘도 조깅하시냐고 물어보니 요즘은 조깅은 안 하지만 그래도 운동은 지속한다고 말한다. 그는 칠십 중반이 넘은 독일인 치과 의사이다. 그의 아버지도 80살 넘어서까지 치과 의사였다고 말해준 적이 있다. 튼튼한 이를 가지려면 좋은 채소를 먹어야 하는데 채소 중에서도 페터질리에(Petersilie)가 아주 좋다고 하면서 자신은 날마다 아침 식사할 때 따뜻한 물에 이 페터질리에를 넣고 바이오 올리브유를 몇 방울 떨어뜨려서 먹고 있다고 말해주었다. 그날 앓던 이를 빼고 나서 며칠 후 다시 그 옆에 있던 이도 빼야 한다고 하여서 의사를 신뢰하고 뺐다. 그 다음 날 다시 한 번 검사 받으러 오라고 하여서 갔더니, 이를 빼기로 한 결정을 잘한 결단이었다고 격려를 해준다. 환자의 치아 건강을 생각하고 환자를 안심시키는 진심이 느껴졌다.

그는 언제나 환자와 몇 마디 나눈 후에 진료해준다. 그가 시간에 쫓겨 허둥대거나 피곤해하는 기색을 본 적이 없다. 내가 이 치과에 언제부터 다니기 시작했는지 정확한 연도를 알고 싶어서 물어보았다. 내 진료 카드를 보더니 1991년 6월부터라고 대답해주었다. 그러면서 자신에게 '큰 영광'이라고 말하였다. 아마 환자가 30년 동안 꾸준히 치료를 위해 찾아주니 그렇다는 뜻이리라. 91년 6월이면 내가 둘째 아들을 낳은 지 2년 후부터 30년 동안 이분에게 치료를 받았다는 말이다. 어쨌든 독일에서 내가 다니게 된 첫 치과 의사이다. 그는 꾸준히 치과 의사들을 위한 평생교육 프로그램에 참석하며 새 진료술을 배우면서도 자기관리를 위해 운동을 지속하고 건강 음식을 섭취하고 있다. 한국인들은 서구인들에 비해 좋은 채소를 많이 먹어서 치아가 건강한 편이라고 말해주곤 했다.

나뿐 아니라 남편도 이 의사에게 치료를 받으러 다니는데 남편도 이 의사의 실력과 인품을 칭찬하곤 한다. 마인츠시에 이사 와서 시내 중심가에 있어서 교통이 편리하여 이 치과를 다니기 시작하였는데 잘 선택하였다고 말하였다.

그는 항상 미소 띤 얼굴로 환자를 대하고 유머 있는 대화로 환자의 마음을 열게 해주고 안심시킨 후에 치료에 들어간다. 오랜만에 치과에 가면, 그동안 어떻게 지냈는지 묻고 잘 지냈다고 말하면 '여자가 평안하면 세상이 평안하다'고 유머를 하며 미소 짓는다. 최선을 다해 맡은 환자들을 치료해주는 모습을 보면 치과 의사는 그의 천직이라는 생각이 든다. 그의 아버지처럼 그도 앞으로 십 년 이상 건강하게 나와 내 남편의 이를 치료해주었으면 싶다.

지난 30년 세월 동안 맛있는 음식을 즐기고 건강하게 음식물을 씹고 힘을 얻어 활동할 수 있었던 데는 건강한 치아 덕분이었다는 것을 새삼 깨닫게 되었다. 젊었을 때는 이의 중요함을 잘 몰랐는데 나이가 들면서 단단한 음식, 차고 뜨거운 음식 등을 잘 씹어주어 몸에 에너지와 영양소를 공급하여 주었던 치아의 고마움을 알게 되었다. 나보다 몇 살 위인 한 분도 이가 약하여져서 독일에서 임플란트해야 하는데 보험이 안 되니 수천 유로를 들여서 임플란트하였다고 말해주었다. 그동안 내가 즐겁게 먹고 생활하며 활동할 수 있도록 도와준 숨은 공신인 치과 의사에게 작은 감사의 마음을 담아 선물을 준비해야 하겠다. 그가 언젠가 내게 인삼차를 어디에서 살 수 있는지 물었던 적이 있는데 한국 건강식품인 인삼차를 선물해야 하겠다.

# 아픈 후에 청소하기

아파서 며칠 누워 있다가 일어났다. 식욕도 없고 매사에 의욕도 점점 사라져갔다. 감방이 따로 없다. 햇빛이 창문으로 들어와 방을 환히 밝히지 못하도록 햇빛 마개를 내렸다. 누워 잠들고 깨는 일을 반복하다가 남편이 갖다주는 밥과 국을 먹으면서 기운을 차렸다.

침대에 힘없이 늘어져 지내다가 일어나서 거실로 내려갔다. 그동안 2층에 있는 내 방과 욕실만 드나들다가 아래 거실로 내려가니 며칠째 시든 꽃이 그대로 꽃병에 꽂혀 있다. 생명력을 잃은 꽃을 신문지에 싸서 쓰레기통에 버렸다. 생기가 도는 기운을 공간에 불러오려면 시든 꽃은 자리를 옮겨주어야겠지. 그동안 거실과 현관 바닥에 돌아다니던 티끌, 먼지를 진공청소기로 치워준다.

아픈 후에 다시 일어나서 하는 일은 언제나 청소하는 일이다. 안주인이 일손을 놓으니, 시든 기운이 집안에 스며들고 먼지 티끌이 곳곳에 자리를 차지한다. 청소한다는 것은 내가 살아 움직인다는 확실한 증명서와도 같다. 예전에는 청소하는 일을 하찮은 일, 귀찮은 일로 여겼었다. 별 의미 없는 일로 보이는 청소 대신에 인생에 유익한 책을 읽거나 신문을 읽어 세상 정세를 아는 일 혹은 어떤 멋진 취미 활동을 하는 것이 더 중요해 보였다.

청소하면 적어도 두 가지 이득이 있다. 청소하느라 팔다리, 어깨와 허리 등 이곳저곳 몸을 계속 움직이니 혈액순환이 잘 된다. 땀까지 흘리며 청소할 경우에는 몸에 쌓였던 노폐물도 땀과 함께 흘러나온다. 건강미가 살아난다. 두 번째 이득은 내 손발을 움직여서 주위 공간이 깨끗해지는 것을 보면 어떤 성취감을 느낄 수 있다. 창조적이고 생산적인 일을 할 수 있는 준비가 된다.

삼십 대 초반에 독일에서 자립 생활을 하려고 몇 년 동안 병원과 독일 가정집에서 청소 아르바이트를 할 때가 있었다. 노동허가서가 없던 당시 1980년대 외국인 유학생으로서 할 수 있는 일자리는 청소 아르바이트였다.

코를 찌르는 약 냄새가 나고 삶의 그림자가 쇠잔해져 가는 노인 병실마다 들어가 바닥을 물걸레로 닦는 일을 몇 달 동안 했다. 독일에 온 지 7년 만에 처음으로 한국 방문 여행을 할 때까지 가정집 청소 아르바이트를 하였다.

독일에 처음 도착하여 2년 동안 몇몇 유학생 친구들과 함께 독일 김나지움 학교 청소하는 일을 시작으로 병원에서 청소 아르바이트를 하였다. 그러다가 독일인 가정집에서 일하게 되었는데 결혼하지 않은 할아버지 한 분과 곱상하게 늙으신 두 할머니가 사는 집이었다. 독일에서 일어났던 전쟁으로 그들은 모두 결혼하지 않고 세 형제가 같이 산다고 하였다. 그날 처음으로 네 시간을 청소하고 나서 이십 대 후반이던 나도 다리가 후들거리며 쓰러질 지경이었다. 독일인들은 살기 위해 청소하는 것이 아니라 청소하기 위해 사는 사람들 같이 보였다.

그 후 남편이 마인츠 대학에서 공부하게 되어 마인츠 캠퍼스 안에 있는 부부 기숙사로 이사하였다. 기숙사 월세와 생활비 마련을 위해 두 사람이 맨손으로 뛰어야 했다. 남편은 마인츠 대학 안에 있는 막스 플랑크 연구소를 청소하는 일을 얻어서 아직 컴컴한 겨울 새벽 6시에 집을 나섰다. 난 일주일에 세 번 청소하러 가는 가정집 아르바이트 자리를 얻었다. 둘째를 임신한 상태였는데 다행히 겨울 외투를 입고 다니던 때라 해산할 때까지 여주인이 눈치채지 못하여 일을 계속할 수 있었다. 둘째를 해산하는 전날까지 그집 계단을 물걸레로 닦고 진공청소기로 몇 개의 방과 거실을 청소하는 일을 하였다. 태교 음악도 못 들려주고 윙윙대는 진공청소기 소리를 듣고 아기가 태어났는데 아들은 다행히 음악성이 있어서 트럼펫을 불고 바이올린을 켜며 기타를 혼자 배워서 노래하곤 한다.

혼자 사시는 할머니 집에서 일할 때는 그분이 안 입는 깨끗한 옷 여러 벌을 내게 선물해주시기도 했다. 이혼한 직장여성과 아들이 사는 집, 세 딸을 키우는 여교사 가정, 일하러 간 첫날에 구석에 세워진 큰 화분을 직접 옮겨주며 구석구석 청소해달라고 했던 독일 주부의 집, 일하는 시간에 중간에 커피도 마시면서 쉬도록 하였던 친절한 독일 여주인 집 등.

그렇게 마인츠에 이사 왔던 1988년 10월부터 첫 한국 여행 떠나던 1993년 6월까지 약 5년 동안 대여섯 가정에서 청소 아르바이트를 한 셈이다. 친정어머니가 이제 가정집 청소 아르바이트는 그만두라고 하시며 내게 백만 원을 주셨다. 1994년에 셋째를 임신하면서 내 청소 아르바이트 시절은 막을 내렸다.

한 살 아래인 여동생은 내게 한국에서 대학원까지 졸업하였는데 독일에서 청소 아르바이트를 한다고 인력 낭비라고 말하였다. 그러나 어쩌랴. 두 사람 모두 1985년, 1986년에 맨손으로 독일로 왔고 노동허가서가 없는 유학생 신분으로 일할 수 있는 직장이 없었으니….

아픈 후에 일어나 방과 거실, 집 청소를 하면 내가 건강한 몸으로 활동할 수 있다는 사실에 감사한 마음이 든다. 하루 일상적인 일을 할 수 있다는 것이 당연한 일이 아니라 감사한 일이라는 것을 깨닫는다. 자기의 몸을 자기가 스스로 통제할 수 없고 침대에 누워 있어야 한다는 것, 몸의 통증을 참고 견뎌야 한다는 것, 그것도 만일 불치의 병으로 희망 없이 누워있어야만 하는 수많은 환자를 생각하면 아픈 후에 일어나 청소하는 일은 내가 내 몸을 통제할 수 있고, 나와 내 사랑하는 가족이 거하는 공간을 깨끗하게 관리하는 일이기에 여러모로 감사해야 할 일이다.

독일인들은 두 번의 전쟁을 겪어서인지 청소를 열심히 하는 국민이다. 내가 대학교 3학년 때 문교부 주관으로 한·불 대학생 교류 프로그램에 참여하여 처음으로 3주간 동안 약 20여 명의 대학생과 함께 독일과 영국, 프랑스를 방문하는 기회가 있었다. 그때 가장 인상적이었던 나라가 독일이었는데 그 이유는 거리나 도로가 깨끗하고 정리정돈이 잘 되어있다는 것이었다. 런던의 웨스트민스터 궁전과 대영 박물관, 옥스퍼드 대학, 캠브리지 대학 등 유서 깊은 관광지 영국과 파리의 에펠탑과 개선문 등 눈을 화려하게 만드는 명소들이 많았지만 깨끗한 독일이 마음에 들었었다. 1980년 2월에 베를린 자유대학, 로렐라이 언덕, 쾰른 카니발 축제 등 독일을 처음 방문하였고, 그로부터 6년이 지난 후에 독일로 이주하여 오늘에 이르렀다.

코로나 때문에 항상 세균 감염을 의식하며 살아야 하는 때, 우리가 사는 환경을 더욱 깨끗하고 친환경적으로 가꾸며 살아야 할 때다.

# 만 60살 되던 날

  예전에는 한국에서 환갑잔치를 하는 사람들이 많았다. 병이나
가난, 또는 전쟁으로 일찍 돌아가시는 분들이 많아서 부모님이나
집안 어른들이 60살이 되면, 장수를 축하드리는 환갑잔치를 베풀
어드렸다. 이제는 의료기술의 발달로 갑작스러운 사고나 불치의
질병이 아니면 100세까지도 살 수 있는 시대가 되고 보니 환갑잔
치도 이제 옛 시대의 한 풍습으로 지나갔다. 시인이신 친정어머니
는 60살이 되셨을 때 따로 환갑잔치가 아닌, 시전집 출판 기념회
를 하셨다.

  한국에서 독일로 떠나 삶의 터전을 잡느라 7년 동안 정신없이
바쁘게 살다가 1993년 6월, 어머니 60살 생신 겸 출판 기념회에
맞추어 만 아홉 살과 만 네 살이던 두 아들을 데리고 한국에 나갔
었다. 진주에 사시는 이모님, 부산에 사시는 외삼촌, 숙모님과 대
구에 사시는 사촌 등 가족 친지들이 모였고, 어머니의 시전집 발간

을 축하하기 위해 모이신 원로, 중진 문인들이 모여 어머니를 축하해드렸다. 그 당시 만 34살이던 나는 오랜만에 화사한 한복을 차려입고 두 아들과 함께 그 환갑 생신 겸 시전집 출판기념회에 참석하여 세 동생 내외와 함께 축하 손님들을 맞이하고 인사를 드렸다.

이러한 환갑잔치에 대한 생각이 남아있어서인지 백 세 시대이지만 그래도 만 60살 되는 날에는 조촐하게나마 가족과 가까운 친구들을 초대하여 생일 축하 모임을 가질 생각을 하고 있었다. 내가 쓴 몇 편의 시에 곡을 붙여서 가곡을 만들어준 작곡가 한 분은 내가 60살 생일을 맞으면 노래를 좋아하는 남편이나 성악 전공한 며느리가 내 시를 작곡한 가곡 몇 곡을 불러주면 좋을 것이라고 부추겨 주기도 하였다.

5월 초, 큰며느리가 갑자기 어지럼증으로 쓰러졌다는 연락을 받았다. 아침에 일어났을 때 갑자기 어지럼증이 오고 한쪽 얼굴이 마비되었다고 하였다. 응급차를 불러 병원에 갔다가 진찰을 받고 다시 그날 집으로 돌아왔다. 며칠 후, 또 갑자기 숨을 제대로 쉬지 못하겠다고 하면서 내게 빨리 좀 와서 아기를 봐달라고 전화를 하였다. 그날도 구급차로 병원에 실려 갔다가 밤에 다시 돌아왔다. 그 후, 며느리는 병의 원인과 병명을 알기 위해 대학병원을 비롯하여 이비인후과 신경외과 내과 등 이곳저곳 병원에 가서 검사를 받았다. 그해 2월 초, 진통이 오기 시작해서 오전에 병원에 갔는데 거의 종일 병실에 누워 있다가 밤이 되어서야 제왕절개 수술로 아기를 낳았는데 석 달 후에 이런 병이 생긴 것이다. 어지럼증이라 빈혈인지 아니면 몸의 균형 감각을 잃게 하는 달팽이관에 이상이 생겼는지 이비인후과에도 가보고 목이 아프기 시작하여 혹시 갑상선 호르몬에 이상이 생겼는지 검사도 받는 등 병원을 집 드나들다 시피 찾아다녔다. 아기를 돌보고 집안 일상생활도 제대로 못 할 정도로 몸이 약하여져서 안사돈이 마침내 독일까지 오셔서 집안일을 도와주시게 되었다.

네 명의 어린아이들이 복작거리는 집에서 쉼을 가질 수 없었던 며느리는 5월 28일, 내 생일에 안사돈과 함께 약 7주 동안 다른 도시에 가서 요양하는 시간을 갖게 되었다. 물론 며느리는 아파서 미처 그날이 내 생일인 줄 몰랐다. 올망졸망 네 명의 자녀를 둔 며느리가 아프고 요양까지 떠나야 하는 상황이고 보니, 나도 내 생일을 알릴 처지가 못 되었다.

만 60살이 되는 생일 아침, 우리 집 근처에 사는 아들네로 가서 요양 떠나는 며느리와 안사돈을 배웅하였다. 직장 다니는 큰아들과 어린 손주 네 명이 남겨졌다. 며느리와 안사돈이 떠난 자리를 내가 메꾸어야 했다. 그날부터 남편과 딸만 집에 남겨놓고 나는 아들네로 와서 생후 3개월 된 넷째 손주가 자는 아기 침대를 거실로 옮겨놓고 그 옆에 놓여있는 소파에서 잠을 자면서 새벽과 밤으로 깨는 손주에게 우유를 타 먹이고 기저귀를 갈아주는 새 생활이 시작되었다. 큰아들이 밤에 자주 깨면 낮에 근무하기 힘들겠기에 아기와 함께 지내며 우유를 먹이거나 기저귀를 갈아주는 밤 근무를 내가 맡기로 하였다. 마치 내가 다시 삼십 대 초반의 엄마로 되돌아가서 아기를 키우는 느낌이 들었다. 아침에는 남편이 세 손주를 유치원에 데려다주었고, 오후에 세 손주를 유치원에서 데려오는 일을 번갈아 하였다.

큰아들은 종일 직장 근무 후에 퇴근하여 집에 돌아와서 날마다 쌓이는 아이들의 빨래를 세탁기에 돌리고 빨래 건조대에 널어놓았고, 유치원 다니는 세 아이의 아침 빵과 간식 도시락을 싸주고 출근하였다. 겉으로 말은 하지 않았지만 얼마나 마음으로 걱정되고 또 집안일에다 직장 일까지 해야 하니 힘들까 싶었다. 며느리는 약 7주 후에 다시 집으로 돌아오게 되었다. 집에 돌아와서 다시 자녀를 키우고 돌보면서 조금씩 건강을 회복하기 시작하였다. 다행히 큰 병이 아니어서 감사하고, 자녀를 돌보고 키우며 집안일을 할 수 있는 일상생활을 다시 할 수 있을 정도로 건강을 회복한 일이 감사한 일이었다.

만 60살이 되는 날, 분위기 좋은 공간에서 가족 친지들과 생일축하 모임을 열려던 꿈은 사라졌다. 그 대신 만 3개월 된 넷째 손주를 품에 안고 우유를 먹이고 기저귀를 갈아주면서 삼십 대 엄마로 되돌아간 듯한 체험을 하였다. 그리고 유치원 다니는 첫 손자와 두 손녀와 함께 집에서 유치원 다니는 길을 오가며 내가 어릴 적 불렀던 동요를 불러주면서 동심으로 돌아가는 마음을 환갑 선물로 받았다. 그리고 며느리가 요양 후에 다시 일상생활, 남편과 네 자녀가 있는 가정으로 큰 병 없이 돌아와 엄마 역할, 아내 역할을 다시 해준 것이 값진 환갑 선물이었다.

# 장대비 쏟아진 날

6월 들어 갑자기 기온이 28도까지 올라가 초여름이 찾아온 듯하였다. 6월 첫 주에 사흘 정도 화창한 날씨를 보이더니 주말부터 장대비가 후드득거리며 세차게 쏟아지기 시작하였다. 밤늦게 번개까지 번쩍거리며 비가 내리더니 아침에 일어나보니, 정원에 활짝 피어있던 노란 장미 두어 가지가 꺾어져 있었다. 가지에 달렸던 탐스러운 꽃송이들도 가지에 달린 채 바닥에 쓰러져 있었다. 아직 봉긋봉긋한 작은 봉우리들도 꽃을 활짝 피우기도 전에 가지에 달려 고개를 숙이고 있는 모습이 애처롭게 보였다. 꺾어진 가지에 달려있던 꽃송이들을 잘라서 집에 있는 몇 개의 꽃병과 길쭉한 컵까지 다 찾아서 꽂았다.

갑자기 거실 전체가 장미 화원이 된 듯 빨간 장미, 노란 장미 꽃병이 곳곳에 놓였고 장미 향기 바다 속을 거니는 듯하였다. 이번에 쓰러진 가지는 낮은 담장 너머로까지 아름다운 자태를 보였었는데 워낙 높이 자랐고 달린 꽃송이들이 많아서 그 무게 때문에 비바람에 쓰러진 것이다. 같은 장대비를 맞았는데 다른 곳에 서 있던 핑크 장미 꽃나무는 오히려 밤새 내린 비에 오므리고 있던 꽃봉오리들이 수줍은 모습으로 초록색 꽃잎 사이를 헤치고 어여쁜 꽃을 피웠다. 이미 만개해있던 노란 장미꽃 나무는 각각 오른쪽과 왼쪽에 달려있던 두 개의 가지가 꺾이는 아픔을 겪어야 했고 미처 피지 못하고 때를 기다리던 꽃나무는 제때를 만난 듯, 비 온 후에 그윽한 향기를 뿜으며 꽃을 피웠다.

비가 세차게 쏟아진 후에 다른 모습을 보이는 두 꽃나무를 보면서 마치 보름달이 차면 기울어지고 초승달은 반달로, 반달은 배가 불룩해지며 보름달이 되는 이치와 같이 생각되었다. 내 꽃송이가 담장을 넘어 지나가는 이들의 눈에 띌 만큼 만개했을지라도 자랑하는 마음이나 높아지는 마음을 경계해야 한다. 하루 밤사이에 몰아치는 세찬 비에 고개 떨구고 가지가 꺾이거나 꽃송이가 땅에 떨어져 내릴 수 있으니 겸손하게 새 생명의 봉우리들을 키워야 한다.

또한 나의 현재 모습이 보름달처럼 원을 다 채우지 못한 부족한 모습이라도 있는 그대로 받아들이고 한 걸음씩 다음 성장 단계로 꾸준히 걸으며 때를 기다리는 것이 필요하다. 갑자기 초승달에서 보름달이 될 수 없고 반달이 되어야 보름달로 점점 커갈 수 있는 것이 아닌가. 만개한 꽃송이를 부러워하거나 시샘만 하다가 내가 피워야 할 꿈의 꽃송이를 피우는 일을 놓치지 말아야 한다. 내가 처한 상황에서 묵묵히 최선을 다하면서 때를 준비할 때, 언젠가 가장 아름다운 나의 꽃송이를 피워 올릴 수 있으리라.

# 나의 번역 이야기

많은 문학도가 그들 나라의 언어로 번역된 세계문학전집을 읽거나 시나 소설 등 문학 작품을 읽고 문학의 꿈을 키우고 상상력을 키운다. 언어와 언어를 연결하고 문화와 문화를 연결해주는 번역의 힘이다. 우리나라 말로 번역된 그림 형제 동화책을 읽고 나도 어릴 때부터 언젠가 독일에 가서 살겠다는 마음을 품었다. 몇 살 때부터 그런 생각을 했는지 모르지만, 고등학교 다닐 때 제2외국어로 독일어를 택했다. 그리고 대학에 들어갈 때도 독어독문학과를 선택하였다. 남산 아래에 있던 독일 문화원에 다니며 독일어를 공부하였다. 언젠가 독일로 유학을 떠나겠다는 꿈 때문이었다.

어머니는 국문학을 전공하신 중학교 국어 선생님이셨다. 그리고 내가 만 9살 되었던 1968년, 어머니는 시인으로 등단하셨고 첫 시집을 출간하셨다. 어릴 때 어머니를 따라 월탄 박종화 선생님 댁에도 찾아갔던 기억이 있다. 어머니가 대학교 다니실 때 국문학과 스승님이 월탄 선생님이셨다. 나는 어머니만큼 시를 잘 쓰지 못할 것이라고 시인이 되리라는 생각을 일찌감치 포기하였다. 또 한편으로는 어머니와는 다른 나만의 새로운 길을 가고 싶었다. 국문학을 택하는 대신에 독어독문학을 전공으로 선택하였다. 어릴 적부터 품었던 꿈대로 전공을 선택하였고, 창작 대신에 독일어를 매체로 번역을 하여 번역가로서 언젠가 독일로 떠나려는 꿈을 품었다.

1986년 9월, 결혼한 지 3년 후인 만 27살, 미지의 세계를 향해 한국을 떠났다. 빈손으로 떠나 외국에 삶의 뿌리를 내려야 하기에 만 두 살 된 첫아들을 칠순이 넘으신 시부모님께 맡겨두고 떠나야 했다. 혼자 4남매를 키우시느라 고생하신 어머니에게 효도도 못해 드리고 훌쩍 외국으로 떠나게 되어 맏딸로서 언젠가 어머니 시를 독일어로 번역해 효도를 해드려야겠다고 마음먹었다. 그 마음이 내 번역 여정의 출발점이 되었다. 어머니가 만 70세 되던 해, 어머니 시 중에서 독일어로 번역하기에 적합한 시 70편을 골라서 번역하여 한독 대역시집을 묶었다. 어머니 칠순 생신 때 한국에 나가서 독일어로 번역한 원고 묶음을 생신 선물로 드린 것이 내가 번역가로 첫 발걸음을 떼기 시작한 시점이었다. 아는 후배가 일일이 시 70편을 타이핑해 주었고, 한국에서 인쇄소에서 책으로 묶어 인쇄하였다. 어머니 시 작품 중의 한 편인 '여명의 바다'로 시집 제목을 붙였다. 어머니를 아시던 시인 박 선생님이 이 번역시집을 보셨는지 그분이 발간하시는 〈문학과 창작〉지에 들어 있는 '세계어로 읽는 한국시' 지면에 독역시를 보내줄 것을 메일로 부탁하셨다. 2003년부터 2005년까지 〈문학과 창작〉지에 독역시를 보내던 중에 2005년 9월 독일 프랑크푸르트에서 국제도서전시회 주빈국이 한국으로 선정되었다. 이 국제도서전에 전시될 예정인 한국 도서 목록을 신문에서 보았다. 100권 중에서 시집 목록이 한 권도 들어있지 않았다. 그때까지 독일에서 20여 년 살던 한국인이며 문학인으로서 안타까운 마음이 들었다. 한국의 시를 알릴 수 있는 최상의 기회일 텐데 싶었지만, 이미 한국 정부에서 선정한 전시 도서 100권 목록에는 한국 시집은 한 권도 들어있지 않았다.

아무도 한국시를 알리는 사람이 없다면 나라도 해야 하겠다는 사명감이 생겼다. 그때까지 〈문학과 창작〉에 실렸던 독역시에 더 보충하여서 한국 현대 시인 25명의 시 두 편씩 모두 50편을 번역한 『Koreanische Moderne Gedichte한국현대시』를 펴냈다. 프랑크푸르트 도서전에 미리 등록되지 않은 관계로 번역 시집을 전시회에 전시할 수는 없었다. 이 도서전에 전시될 『삼국유사』를 한국어로 번역한 레겐스부르크 대학 한국학 교수였던 김영자 박사가 프랑크푸르트 한국관에서 번역 책을 소개하는 강연회를 찾아가 내 번역시집을 선물하였고 인사를 나누게 되었다. 이때 만난 인연으로 2016년에는 김영자 박사님이 사시는 레겐스부르크까지 방문하고 한국 시조 번역을 감수해줄 감수자 안드레아 씨도 소개받을 수 있었으니, 사람의 인연은 물방울처럼 작은 데서 시작되지만, 물방울과 물방울이 만나 시내를 이루고 강을 이루는 것과 같다는 생각이 들었다.

한국 시조 번역은 내가 한국 여행을 나갔을 때 이지엽 시인이 내게 시조 원고 뭉치를 주시며 번역을 부탁하신 것이 계기가 되었다. 한국 고시조와 현대시조 150편을 독일어로 번역해달라는 부탁이었다. 대산문화재단에 외국인 문학 번역지원신청을 해보라고 하셨다. 처음에 나는 시조를 독일어로 번역하는 것은 거의 불가능한 일이라고 생각되었다. 초장과 중장, 그리고 종장 각각 3 4 3 4 / 3 4 3 4 / 3 5 4 3 음절로 이루어진 정형 시조를 어찌 독일어로 한국어의 운율을 살려서 표현할 수 있겠는가 싶었다. 한국 시조의 세계화를 위해 열정적으로 일하시는 그분의 열심에 밀려서 대산문화재단에 번역 신청을 하였다. 우선 시조 20편을 독일어로 번역하여 제출하였는데 심사 후, 독일어 번역 신청이 통과되었다는 기쁜 소식을 받았다. 막상 선정되고 보니, 더 책임감이 들었다. 한국 시조를 독일어로 어떻게 번역할 것인가. 일단 부딪혀보기로 하고 번역하는 수밖에 없었다. 2013년 8월에 대산문화재단에서 번역자로 선정 받고 부지런히 번역 일에 몰두하였다. 2014년 2월에 첫 손자가 태어날 예정이어서 그 이전에 번역을 마치려고 시간 날 때마다 날마다 몇 편씩 번역하였다. 그리고 일단 초역 150편을 완성하였다. 그러나 첫 감수자였던 독일인 M 교수님이 병환을 이유로 감수 일을 못 하겠다고 연락을 보내왔다. 새 감수자를 찾는 일이 쉽지 않았다. 몇 군데 수소문하였지만 마땅한 감수자를 찾지 못하던 중에 김영자 박사님이 레겐스부르크에 사는 김나지움 교사이며 대학 강사인 안드레아 씨를 소개해주었다. 김영자 박사님에게 한국어를 배운다는 그녀는 흔쾌히 시조 번역을 감수하겠다고 하였다. 그 후 두 번에 걸친 대산문화재단 번역 심사를 거쳐 지난해 12월에 최종 심사가 끝났다. 조만간에 독일 출판사에서 한국 고대시조와 현대시조 150편이 독일어로 번역 출판될 예정이다. 시조를 번역하는 일은 불가능한 일이라고 생각하였는데 가능한 일로 바뀌었다. 번역은 반역이라고 했던가. 비록 한국 시조의 운율을 100% 살리지 못하겠지만 독일인들과 이곳에서 자라는 한인 2세, 3세들이 한국 시조에 담긴 깊은 인생의 의미를 깨닫고, 시조의 묘미를 맛볼 수 있기를 바라는 마음이다. 다행인 것은 독일인 감수자가 시조를 감수하면서 많이 배웠다고 말하며 시조의 뜻과 의미를 잘 이해할 수 있었다고 말해준 것이다.

우리나라 문학을 세계에 알리고 노벨문학상에 도전하기 위하여 우리나라에서도 정부 차원에서 번역가 양성에 힘을 기울이고 있다. 2016년에 영국의 맨부커(Man Booker Prize) 인터내셔널 상을 받은 한강 작가의 소설 『채식주의자』나 최근에 독일을 비롯한 유럽에서 알려진 조남주 작가의 소설 『82년생 김지영』 등은 그러한 정부의 노력과 숨은 번역가들의 노고에 힘입은 바가 크다. 양국의 언어와 문화, 국민성을 이해하는 번역가가 중간에서 언어와 문화,

국민성의 장벽을 뛰어넘어 원작을 번역해야 하는 작업은 다른 언어권, 문화권에 정착하기 위해 반역이 필요한 또 하나의 창작 작업이다. 앞으로 한국어와 독일어를 잘하는 2세나 3세들이 한국의 좋은 문학 작품을 독일어로 번역하여 한국 문학을 유럽과 세계에 알릴 수 있기를 희망한다.

# 시인의 눈

어느 선배님이 '시를 쓰고 싶은데 어떻게 시를 쓰는가?' 하고 물어보셨다. 함께 자동차를 타고 가는 중이라 짧게 "시를 쓰려면 시인의 눈을 가져야 합니다."라고 대답해드렸다. 보통 사람은 두 개의 눈으로 사물과 세상을 바라보지만, 시인에게는 '제3의 눈' 곧 '시안'(詩眼)이 필요하다고 말씀드렸다.

대학 시절에 한 모임에서 시인이신 어머니의 시 강의를 들은 적이 있다. 어머니는 코스모스 비유를 들어 '시인의 눈'에 대해 말씀하셨다. 시인은 코스모스 씨를 바라보면서 벌써 그 작고 까만 씨에서 하늘거리는 코스모스를 바라볼 수 있어야 한다고 강의하셨다. 그렇게 시인은 사물의 본질을 볼 수 있는 눈이 있어야 한다고 하셨다. 그러기 위해서는 사물이나 사람에 대한 관심과 사랑을 가져야 한다고 하시며 "여기 많은 사람이 앉아있지만 내 딸에게 관심을 가지고 더 자세히 바라보게 된다."고 덧붙이셨다. 사물이나 사람을 관심과 사랑의 눈으로 바라보고 관찰할 때 그 본질과 진실에 다가갈 수 있다는 말일 것이다.

어머니가 시인이셨고 시집을 여러 권 내신 분이라서 나는 일찌감치 어머니와 같이 훌륭한 시인이 되지 못한다고 생각하고 있었다. 시적 재능을 타고난 사람이 시인이 된다고 생각하였다. 문학에 관심은 있지만, 시적 재능은 어머니만큼 타고 나지 못하였다는 생각에 대학에서 국문학 대신에 독문학 전공을 택하였다. 창작보다는 번역가가 되리라 생각하였다. 어릴 적부터 독일에 유학 가리라는 꿈을 품었다.

중학교 때 특활반으로 문예반에 들어가서 김소월의 시를 배웠고 시화전에 참여하기도 하였다. 고등학교 시절에는 백일장에 나가서 우수상을 탔다. 대학원 다닐 때는 교내 대학학보사 문예 공모에 시로 뽑혀서 신문에 시가 실린 적도 있었다. 그러나 취미 수준일 뿐, 시인이나 작가가 되리라는 생각은 전혀 하지 못하였다.

대학 시절에 기독교 신자가 되어 매년 수양회 때 열렸던 시와 음악제에서 꾸준히 시를 써서 발표하는 기회를 가졌다. 독일로 떠나기 전까지 9년 동안 그렇게 시를 발표하면서 '시우'(詩友)라는 제목을 붙인 문집도 몇 권 만들었다.

독일에 와서도 부활절이나 성탄절에 꾸준히 시를 써서 발표하였다. 그러다가 재외동포재단에서 주최하는 재외동포문학상 공모 광고를 교포신문에서 읽게 되었다. 내 시 실력이 어느 정도 되는지 객관적인 평가를 받고 싶은 마음에 시 9편을 보냈는데 그 중 한 편이 가작으로 입상하여 50만 원의 상금과 상패를 프랑크푸르트 총영사관에서 전달받았다.

그러던 내게 어머니는 시인으로 등단하였으면 좋겠다고 격려해 주셨다. 2008년 〈문학과 창작〉 지에 시 '마인츠의 눈'으로 신인상 당선이 되어 시인으로 등단하였다. 그렇게 만 49살 나이로 시인의 길에 들어섰다. 시인이 되려고 시를 쓴 것이 아니라 시를 쓰다 보니 시인이 된 것이다. 무엇보다 스스로 시인이 되기에는 재능이나 소질이 부족하다고 생각하던 내게 어머니의 격려가 큰 힘이 되었다. 시인이신 어머니의 눈높이에서 내 시를 읽으면 매우 부족하다고 생각되셨을 텐데 시인으로 등단하라고 격려해주신 것이 내게 용기를 준 셈이다.

마치 새끼 독수리가 어미 독수리만큼 하늘을 날 수 없다고 일찍부터 날기를 포기하거나 두려워한다면 새끼 독수리는 영영 날지 못할 것이다. 시도 다른 글쓰기처럼 꾸준히 다른 사람들의 시를 읽고 직접 써보고 사색한다면 어느덧 시를 쓰고 있는 자신을 발견할 날이 올 것이다. 시를 쓰고 싶은 마음, 시를 배우고 싶은 마음이 드는 것만으로 그는 시인이 될 자질이 있다고 본다. 그러나 마음만으로는 시를 쓰는 시인이 될 수 없다. 그다음 단계로 나가야 한다. 다른 시인들이 쓴 시를 많이 읽고 자신이 직접 시를 꾸준히 써보아야 한다. 시인의 눈을 가지고 사물과 사람에 대한 관심과 사랑을 가지고 관찰하다 보면 시인의 관점이 생긴다. 그 대상을 통해 인생의 본질, 진실을 캐낸다.

문학잡지에 어머니의 시와 딸의 시가 같이 실릴 때가 간혹 있었다. 시집 14권, 시 수천 편을 쓰신 대선배 원로 시인이신 어머니의 시와 내 시가 함께 실릴 때는 기쁘면서도 한편으로는 부끄럽다. 어머니의 시의 깊이와 넓이를 부지런히 배워야 한다. 사물의 본질과 진실을 볼 수 있는 맑고 밝은 눈을 가져야 한다.

논어의 위정편에 공자가 시경의 시 305편의 뜻을 한마디의 말로 표현하였는데 그것이 '사무사(思無邪)', '생각에 사특함이 없어야 한다.'라는 말이다. 시경은 고대로부터 전해오는 3천여 편의 시 중에서 305편을 뽑아 편찬한 것이다. 이 시경에 나오는 시는 생각에 간사스럽거나 그릇됨이 없는 순수한 시만 모아놓은 것이라는 뜻이다. 쉼 없이 마음을 깨끗이 하고 비우며 생각이 순수해야 맑고 밝은 시안(詩眼)을 가질 수 있다.

# 라인강에 뜨는 무지개

　며칠 동안 비가 내리더니 햇빛이 비치기 시작했다. 거실 창문으로 내다보이는 파란 하늘에 커다란 왕 무지개가 뜬 것이 보였다. 심장 맥박이 빨라지면서 급히 핸드폰을 찾았다. 아름다운 무지개가 사라지기 전에 사진을 찍어서 붙잡아야지 하는 생각에 찰칵찰칵 서너 장 찍으니 어느새 무지개가 사라져버렸다. 30초 정도 무지개가 뜨고 사라졌지만, 그 여운은 마음에 오래 남았다. 추적추적 비 오는 날씨에 검은 구름이 드리우듯 가라앉았던 마음에 무지개는 환상적인 일곱 색깔을 보여주며 희망의 기운을 비추어주고 떠났다. 파란 하늘과 흰 구름을 배경으로 반원으로 활짝 펼쳐진 무지개 사진을 몇몇 친구와 지인에게 카톡으로 보내주었다. 사진작가시네요. 쌍무지개네요. 무지개 곁들여 시 한 편도 흘러나올만한데 영감이 떠오르면 시를 써서 보내주세요. 등 무지개 사진을 받는 지인들도 덩달아 문자로 기쁨을 표현하였다. 그분들의 격려에 밀려서 짧은 즉흥시 한 편을 카톡으로 보냈다.

비 내린 후/ 어두운 구름 물러간/ 맑은 내 마음 하늘에/ 빗물에 깨끗이 씻긴 시 한 편/ 이쪽 하늘과 저쪽 하늘 이어주는 무지개로 뜨기를…

한국에 살면서 무지개를 본 기억이 없다. 주로 높은 건물들이 세워져 있는 서울에서만 살아서 그런지, 하늘을 잘 쳐다보지 못하고 살아서 그랬는지…

독일에 살면서 쌍무지개를 본 적이 몇 번 있다. 남편과 함께 자동차로 고속도로를 달리다가 앞쪽 넓은 하늘에 선명한 쌍가락지 같은 쌍무지개가 얼마나 환상적이었는지 어린아이 같은 마음이 되어 환호하였다. 독일은 비가 자주 오는 날씨라 그런지 비가 잠시 내린 후에 햇빛이 뜨면 무지개가 뜨곤 한다. 이번에 본 무지개는 오랜만에 본 무지개라서 더 환상적이었다. 아니, 코로나 방역 조치로 바깥출입을 삼가고 주로 집에 있어서 그런지 무지개가 더 반가웠다. 코로나 때문에 비행기가 부쩍 줄어들었으니 프랑크푸르트 공항이 가까운 마인츠 하늘도 이전보다 훨씬 더 선명하여서 무지개가 더 잘 보였으리라.

무지개는 본래 '언약'을 의미한다. 노아의 홍수 이후에 하나님이 노아와 맺은 언약의 상징으로 무지개를 약속하셨다. 하늘에 무지개가 뜨는 것을 보면 하나님이 다시는 홍수를 내지 않도록 하겠다는 언약을 기억하라는 언약의 상징이었다. 그래서 비가 내린 후에 하늘에 무지개가 뜨곤 한다. 비가 계속 내리지 않고 햇빛을 보내시겠다는 약속이다. 코로나 이동 제한조치가 일 년 반이 넘어가는데 하늘에 무지개가 뜨니 뭔가 희망을 품게 된다. 코로나 홍수가 계속되지 않고 멈추어지게 된다는 희망으로 해석해본다.

무지개를 바라보는 이들에게는 마음에 희망이 생긴다. 무채색의 비가 주룩주룩 내리는 것을 보다가 일곱 가지 밝고 따뜻하고 조화로운 무지개색을 바라보면 어린이나 어른이나 모두 얼굴에 기쁨의 화색이 돌기 시작한다.

라인강변에 뜨는 무지개를 바라보면서 독일에서 자라고 있는 어린 한인 2세, 3세들을 떠올린다. 젊음과 청춘을 독일에서 보내며 새롭게 삶의 뿌리를 내리신 조부모님을 따라, 또는 1.5세나 2세인 부모를 따라 이 땅에 태어나 자라고 있는 한인 2세, 3세들은 라인강에 뜨는 무지개들이다. 비록 아직 조부모님의 나라, 부모의 나라를 가보지 못하였거나 그곳에서 살아보지 못하였다 하더라도 한국인의 정체성을 가지고 한국어를 배우고 한국의 문화를 배우며 자라고 있는 이들은 한국의 희망이고 미래의 조국과 세계의 하늘에 찬란히 뜨게 될 작은 무지개들이다.

한국에 현재 결혼하지 않은 비혼자들이 많고, 결혼하더라도 아기 낳기를 포기하는 젊은 가정이 많다 할지라도 독일에 사는 한인

2세들은 아기를 많이 낳아 희망적이다. 큰아들 가정도 네 명의 자녀를 낳았고, 독일에 사는 그들의 한인 친구들도 보통 세 명, 네 명의 자녀를 낳아 키우고 있다. 독일에서는 자녀수당이 매월 나오고 초등학교부터 김나지움, 대학교, 박사과정까지 등록금이 없으니 한국보다 자녀 키우기가 어렵지 않은 점이 큰 이유일 것이다.

독일에서 학교에서는 독일어로 배우고 가정과 토요일마다 열리는 각 도시의 재독한글학교에서 한국어를 배우면서 독일 문화와 한국 문화를 습득하며 자라는 2세들과 3세들은 글로벌 문화의 주역들로 성장할 수 있다. 만 7살이 된, 초등학교 1학년 첫손자도 한국어를 배우면서 우리 부부에게 존댓말로 이야기한다. 만 5살 첫손녀와 만 4살 둘째 손녀도 우리 집에 오면 공손히 머리를 숙여 "안녕하세요?" "안녕히 계세요." 하며 인사하는 법을 반복해서 가르치곤 한다. 독일 유치원에 다니면서 독일어만 말하고 독일 문화에 익숙하여져서 한국말 하는 것을 잘 잊어버리기에 반복해서 가르쳐야 한다.

비가 내리다가 그치는 날이면 하늘을 자주 쳐다보곤 한다. 왕 무지개나 쌍무지개가 아니더라도, 구름에 가려 반쪽만 보이더라도 무지개는 삶에 새로운 희망과 기쁨을 주는 활력소이기에…

3

장미 꽃나무
네 그루

장미 꽃나무 앞에서 세 손주 (2020년 8월)     손자 다니엘 두 돌 생일 때 (2021년 2월)

# 아름다운 효도 문화

내가 사는 마인츠에서 한 시간 정도 기차를 타고 가는 프랑크푸르트에서 한 달이나 두 달에 한 번씩 몇몇 문우들과 만나는 모임에 다녀왔다. 만나서 점심 식사를 같이한 후에 자리를 옮겨서 분위기 있는 커피숍을 찾아 커피를 마시며 그동안 쌓였던 이야기를 나눈다. 내년에 육십을 바라보는 내가 그중 제일 젊은(?) 나이이다 보니 짧게는 오 년이나 십 년 길게는 나의 친정어머니뻘 되시는 연세의 작가분도 계시다. 지난해부터 일 년에 한 번씩 발간하기 시작한 〈유럽한인문학〉에 대한 의견도 나누고 독일에서 살면서 겪은 일들이나 아픔이 되었던 일도 풀어내곤 한다. 이런저런 이야기를 나누다가 K 작가님이 재산과 유산에 관한 이야기를 꺼내셨다. 요즘 은퇴 후에 재산을 자녀에게 맡기거나 주지 않고 은행에 맡겨놓고 매달 연금식으로 받아서 생활비에 사용하는 노인들이 많이 있단다. 자녀에게 재산을 맡길 경우에 나중에 병이 들거나 움직이기 힘들 때 그들에게 용돈 타서 쓰기도 쉽지 않고 형제간에 재산 때문에 다툼이나 법정까지 가는 불상사를 막기 위함이라고 하셨다.

　주위에서나 뉴스에서 심심치 않게 들리는 부모 자녀 간, 형제간의 재산 다툼이나 법정 투쟁을 보면 자녀에게 재산이나 유산을 남기지 않고 자신의 노후를 위해 은행에 맡기는 것이 현명해 보이기는 하다. 그러면서도 한편으로는 어쩌다가 재산이나 유산 때문에 가장 가깝고 아끼는, 사랑으로 뭉쳐야 할 부모 자녀 간의 관계가 돈 때문에 가장 경계해야 할 관계가 되었는가 하는 서글픈 생각이 들었다. 아마 우리 세대가 효도를 아는 마지막 세대가 되지 않을까 한다는 내 또래의 친구가 한 말이 생각났다. 나보다 한 살 많은 친구는 외국에 나와 살면서 한국 식품 도매업을 하고 있는데 한국에 계신 노모를 위해 매월 용돈을 보내드린다고 한다. 그녀는 가난했던 집안 사정으로 대학에 진학도 하지 못하고 고등학교를 마친 후 직장생활을 시작해야 했지만, 자신과 가족을 위해 밭일을 하시며 고생하셨던 어머니를 위해 수십 년 이상 매달 외국에서 한국으로 용돈을 보내드리고 있는 것이다. 돈이 많거나 생활의 여유가 있다고 하여서 부모를 생각하고 효도하는 것은 아니다. 자신이 쓰고 싶은 것을 아끼고 모아서 매달 어머니에게 존경과 감사의 마음을 전달하는 것이 아니겠는가. 그럴만한 여유나 사정이 안 되어 매달 용돈을 드리지 못하더라도 안부 전화나 메일로 존경과 감사의 마음을 전하며 사랑과 신뢰의 관계성을 이어가는 것이 부모가 원하는 최고의 효도가 아닐까?

지금은 시부모님 모두 이 세상에 계시지 않지만 돌아가시기 전까지 독일에 살면서 명절이나 생신 때 안부 전화를 드리면 언제나 '고맙다' '반갑다'라는 말씀으로 반기신 이유를 조금씩 알아간다. 팔순이 훌쩍 넘으신 친정어머니도 카톡이나 메일을 드리면 역시 '반갑다' '고맙다'라고 말씀하신다. 외국에서 아이들 키우며 바쁘게 살면서 명절 때 부모님을 생각하고 또 생신을 잊지 않고 기억해주는 그 마음을 고맙게 생각하신 것이리라. 독일에서는 아랫사람이 윗사람을 섬기는 문화보다 윗사람이 아랫사람을 섬기고 챙기는 문화가 발달해 있다. 오래전, 내가 직장 다닐 때 직장 상사에게 성탄 선물을 드려야 하지 않을까 하고 독일인 동료에게 물었더니 '직장 상사가 아랫사람에게 그동안 수고했다고 성탄 선물을 주어야 한다.'라고 말하는 것을 듣고 우리나라 문화와 독일 문화가 다르다는 것을 새삼 느낀 적이 있다. 그래도 한국인의 효도 문화는 시대에 맞지 않는 구식 문화가 아니라 잘 보존하고 계승해야 할 아름다운 문화이다. 부모의 은혜는 평생 갚으려 해도 갚지 못할 은혜이다. 살아계시는 동안에 존경과 감사와 사랑의 마음을 표현하고 전달해야 한다. 부모님이 설사 내 마음이나 사정을 몰라주시는 것 같거나 치매나 몹쓸 병에 걸리셔서 내가 힘들지라도 그분들의 희생과 헌신적인 사랑의 수고로 내가 이 세상에 살아간다는 것을 생각하면서 용서하고 사랑하고 섬기며 감사하는 마음을 회복해나가야 하리라.

성경의 가르침을 요약하고 있는 십계명 중에서 하나님 한 분 외에는 다른 우상을 섬기지 않도록 하는 하나님 사랑의 계명과 '이웃을 네 몸과 같이 사랑하라'라는 이웃 사랑의 계명을 잇는 다섯 번째 계명이 '부모를 공경하라'는 계명이다. 성경은 부모를 공경할 때 장수하게 된다는 약속도 하고 있다. 가능하면 병치레를 하지 않고 건강하고 장수하는 삶을 소원한다. 건강식품, 장수 식품을 비싸게 사는 대신에 부모님을 공경하는 마음을 가꾸어나간다면 돈도 절약하고 화목한 가정을 만들어나가지 않겠는가. 시부모님도 부모님처럼 공경하는 마음으로 섬겨야 한다. 남편을 낳아 키우시며 삼십 년 가까이 희생하신 그의 부모님이 아닌가. 장인, 장모님도 아내를 낳아 애지중지 키우시다가 눈물을 흘리시면서 시집보낸 분들이기에 부모님처럼 공경하고 감사해야 한다. 부모 자녀 사이에 존경심과 사랑의 유대감으로 가정이 화목해야 사회가 평안하고 나라가 안정되는 것이 아닐까? 그래서 우리 집 가훈을 '하나님 사랑, 부모 공경, 이웃 사랑' 세 가지로 정하기로 했다. 손자 손녀들에게도 이 가훈을 일찍부터 알려주어야겠다. 일찌감치 부모 공경, 효도 문화를 가르쳐주어야 나중에 그들의 자손들에게도 효도를 가르칠 수 있겠지.

(2018년 11·12월호 그린에세이)

# 팔순 어머니가 주신 용돈

　수년 전에 어머니가 독일에 오셔서 약 한 달 동안 우리 집에서 지내셨다. 어머니는 한국으로 떠나시기 전에 내게 "다른 데 쓰지 말고 너만을 위해 필요한 데 쓰거라." 하시며 200유로를 건네주셨다. 그동안 그 이상의 돈도 은행에서 찾아 필요한 데 쓰곤 했지만, 그것이 순전히 나를 위해서만 쓴다는 생각으로 사용했던 기억은 없었다. 남편이 신어야 할 새 양말이나 와이셔츠, 다른 도시에 사는 두 아들에게 신발이나 바지를 살 용돈을 주거나 딸아이의 옷이나 구두를 사주고 또 살림에 필요한 생필품이나 반찬거리를 사곤 하였다. 그러나 나 자신을 위한 어떤 물건을 사기 위해 200유로 이상을 써 본 기억은 나지 않았다. 그래서 "너를 위해 써라."라는 어머니의 말씀에 잠시 당황하였고 또 감격하였다. 나만을 위해 쓰라고 누구로부터 용돈을 받은 기억이 그 이전에 없었기에 더욱 감동했는지 모른다.

그런데 나는 그 돈을 어디에 써야 하는지 알지 못하여 아직 쓰지 못하고 있다. 순전히 내 몫으로 받은 용돈인데 쓰지 못하고 있는 것이다. 당시에 팔순 가까이 되신 어머니가 오십이 넘은 딸에게 주신 용돈이 너무 귀하여서 아무 데나 사용할 수 없었고, 또 어머니께서 주신 용돈을 가장 필요한 곳에 긴요하게 쓰기 위해 저축하고 있다고 볼 수 있겠다. 그런데 가끔 마음 깊숙한 곳에서 솟아나는 생각이 있다. 어쩌면 이 돈을 평생 나 자신을 위해서는 못 쓰고 나중에 언젠가 내 딸이나 두 아들에게 주면서 '할머니가 엄마 쓰라고 주신 귀한 돈인데 너희들이 꼭 필요한 곳에 쓰거라.'고 말하지 않을까 하는 생각이다. 그리고 나만을 위해 쓸 돈이 200유로가 있다는 생각에 늘 부유한 마음으로 지내지 않을까? 하는 생각이다. 그래서 어머니가 내게 준 용돈은 200유로가 아니라 그 수백 배의 이윤을 내게 붙여주고 있는 셈이다.

용돈을 준다는 것은 그 사람을 위하고 사랑하는 마음에서 그 사람에게 필요한 것을 주고자 함이다. 용돈을 받는 사람은 많고 적은 액수보다 용돈을 주는 그 사람의 마음과 사랑에 용기와 격려를 받는다. 올해 한국에 잠시 여행하게 되면, 구순이 가까운 어머니에게 용돈을 드리고 와야겠다. 200유로 주신 원금에 십 년 이자까지 더하여 드릴 수 있다면 좋겠다.

# 누리고 나누는 행복

　결혼하자마자 매년 연년생으로 태어난 올망졸망 어린 세 아기를 키우느라 종종 지친 아들이 무심한 듯하거나 퉁명스럽게 반응할 때면 남편은 '나를 닮아서 그런가?' 하면서 아들이 공손하고 친절하게 아버지를 대해주길 원했다. 나도 자녀들이 도움이 필요할 때만 전화하기보다 평소에 우리의 안부를 묻는 따뜻한 효도의 전화를 해주길 원했다. 그러나 어찌 자녀들이 부모 마음에 꼭 맞게 해주기를 기대할 수 있겠는가. 마치 자녀들이 꼭 원하는 그런 부모가 되어줄 수 없는 것처럼 자녀들의 말이나 행동, 삶의 방식이 부모가 원하는 대로만 될 수 있는 것이 아니다.

　두 아들이 결혼과 직장 생활로 자립하여 따로 살고, 막내인 딸과 함께 사는데 남편과 나는 하나밖에 없는 딸을 올바르게 키우려고 하는 마음에 이런저런 충고나 권면을 하면 잔소리로 듣고 우리를 대하는 태도가 종종 살갑지 않을 때가 있다. 딸로서는 부모님이 자기를 칭찬하거나 인정해주기보다 잘못한 일이나 부족한 점만 지적하고 책망한다는 불만이 있다. 날마다 같은 집에서 살기 때문에 서로의 기대에 미치지 못할 때 가장 갈등을 많이 겪는 관계가 부부이거나 부모 자녀, 형제자매들이다. 한편으로 부모나 자녀가 없는 이들을 생각하면 다르게 생각할 수 있다. 부모가 아직 내 곁에 계시고, 남편이나 아내가 같이 살 수 있고, 자녀가 아직 함께 지내고 있기 때문에 겪는 갈등이라고 생각하면 감사한 마음으로 그 어려움과 갈등을 극복해 나갈 수 있으리라 여겨진다.

많은 사람이 정원이 딸린 집을 가지고 싶어 한다. 그러나 정원에 나무나 꽃을 사서 심어야 하는 시간적, 경제적인 대가를 치러야 하고, 잔디를 심고 물을 뿌리고 잡초를 뽑아주는 등 때마다 철마다 노동의 수고를 감당해야 한다. 그러한 수고를 하지 않고 어찌 아름다운 정원을 가진 집을 가질 수 있을 것인가. 자녀를 갖길 원하면서 그 자녀가 아무 문제나 어려움 없이 혼자 저절로 훌륭한 자녀들로 자라주길 바랄 수는 없다. 자녀들 문제로 마음고생을 하고 그 문제를 해결하기 위해 고민하고 기도하며 눈물과 땀 흘리는 수고를 감당해야 하는 것은 당연한 일이라는 사실을 받아들여야 한다. 그리할 때 자녀들 문제가 생길 때마다 놀라서 한숨 쉬거나 절망하지 않고, 정원에서 자라는 꽃이나 나무들이 잘 자라도록 벌레 먹는 것을 막아주고 비바람에 보호해주고 가지를 잘라주며 꽃을 피우고 열매를 잘 맺도록 정성 들여 가꾸듯 꾸준히 사랑의 수고를 감당할 수 있다.

남이 보기에 겉으로 부러워할 만한 자녀들, 남편이나 아내, 손자 손녀 등이라 할지라도 그들 나름대로 남모르는 인내와 수고가 따른다는 것을 알아야 한다. '사람들이 꽃만 보고 꽃의 눈물은 보지 못한다.'라는 어느 시인의 시구처럼 다른 사람의 겉으로 드러나는 명예나 부, 화려한 경력과 뛰어난 미모, 훌륭하게 자란 듯이 보이는 자녀들만을 보고 부러워할 필요는 없다. 돈을 많이 버는 사람은 그들 나름대로 남모르는 번민과 고민이 있을 것이고 큰 집을 가진 사람들은 그 집을 관리하기 위해 시간과 돈을 들여야 한다. 꽃이 화려한 자태와 그윽한 향기를 뿜어내는 꽃으로 피어나기까지 오랜 인내의 시간과 고통을 겪는 꽃의 눈물을 볼 수 있어야 한다.

내게 주어진 환경이나 상황에서 내가 가진 것을 소중하게 생각하고 아름답게 가꾸는 것이 중요하다는 것을 깨닫는 요즘이다. 한 친구가 그녀의 십 대 외동아들이 말을 잘 안 듣고 부모의 기대에 미치지 못하여 그를 볼 때마다 잔소리하거나 의견대립으로 수년 동안 아들과 자주 다투었다고 하였다. 그러다가 주위에서 십 대 자녀가 자살한 경우를 보고 나서 아들이 살아만 있어 줘도 감사하다는 생각이 들어서 그를 볼 때마다 격려해주고 그의 말을 들어주었더니 아들의 태도가 점차 바뀌었다고 하였다. 내 곁에 가까이 있는 부모님, 남편이나 아내, 자녀, 사위나 며느리 등 이런저런 관계 갈등이나 문제가 생기면 훌쩍 다른 곳으로 떠나서 살고 싶거나 홀로 조용히 살고 싶은 생각이 들 때도 있다. 그러나 내 가까이 있는 가족이나 이웃을 사랑하고 섬기지 못하면서 다른 사람을 어떻게 사랑하고 섬길 수 있겠는가. 테레사 수녀의 말처럼 가까이 있는 사람들, 내게 왔던 사람들이 나를 만나기 이전보다 행복해져서 가도록 그들 모습 그대로 받아들이고 겸손히 섬겨야 한다.

나와 모든 것이 정반대인 남편과 티격태격하기도 하고 챙겨야할 자녀들과 손자 손녀들도 많다. 그러나 이것도 나의 복이 아닌가 생각하면서 남편이 날 잘 이해해주지 않고 격려해주지 않는다고 서운해 하기보다 내 마음을 넓히는 성장의 기회로 삼고, 내 손길 필요한 자녀들 도와주면서 손자 손녀들 동화책도 읽어달라고 가지고 오는 대로 읽어줄 일이다. 그렇게 감사하고 즐거운 마음으로 사노라면 남이 보기에도, 내가 생각하기에도 원이 없는 삶을 살지 않겠는가. 내게 없는 것에 대해 불평하거나 남을 부러워하기보다 내게 주어진 것을 즐기고, 누리고, 나누어주는 삶을 사는 것이 행복한 삶이 아닐까? 자, 우리 모두 행복한 새해를 위해 건배를!

(2019년 한국수필 1.2월호)

# 아르헨티나에서 온 손님

약 2년 6개월 전부터 게스트하우스를 운영하고 있다. 회사 출장이나 대학교에서 열리는 학회, 건설 현장 노동자, 대학이나 직업교육 포럼에 참석하기 위해 독일을 방문한 손님들이 그동안 많이다녀갔다. 독일인 손님들 외에 주로 폴란드나 체코, 스위스 등 유럽 다른 나라에서 많이 방문하는데 드물게 두바이나 인도 등 먼 나라에서 손님이 오기도 하였다.

몇 달 전, 처음으로 아르헨티나 손님으로부터 게스트하우스에 묵겠다는 연락을 받았다. 그녀는 며칠 동안 독일에 와서 탱고 노래를 부르는 아르바이트를 한다고 하였다. 독일에 처음 왔고 유럽은 이번에 처음이라는 그녀는 19살이나 20살 정도로 앳되게 보였다. 방에 짐을 갖다 놓은 후, 그녀는 채소와 과일을 사러 가고 싶은데 주위에 슈퍼마켓을 가려면 어떻게 가야 하는지 영어로 물었다. 걸어서 가면 좀 시간이 걸리니 버스로 몇 정거장 가면 된다고 남편이 그녀에게 몇 군데 슈퍼마켓 이름을 가르쳐주었다. 그런데 갑자기 그녀의 얼굴이 어두워지더니 금방 울음을 터뜨리려는 표정이 되면서 방이 있는 2층 계단으로 올라가는 것이 아닌가!

나는 무슨 일인가 싶어서 그녀를 따라 계단을 중간쯤 올라가는데 방안에서 통곡하듯 우는 소리가 들렸다. 갑작스러운 상황에 어리둥절해져 조용히 계단을 내려왔다. 잠시 후 그녀가 내려오더니, "마인츠역에서 내려서 이곳까지 버스를 타고 왔는데 버스비가 너무 비쌌어요. 지금까지 살아오면서 그렇게 비싼 버스비를 낸 것은 처음이었어요."라고 말하는 것이 아닌가. 아마도 가난한 학생이거나 독일에서 일자리를 찾고 있는 그녀에게 버스비 2유로 80센트가 부담되었던 것 같았다. 그녀는 아직 눈물로 붉어진 눈으로 슈퍼마켓까지 걸어가겠다고 하며 현관문을 나섰다.

나는 버스비 때문에 울음을 터뜨렸던 그녀가 안쓰러워서 버스표 한 장을 그녀에게 주었다. 가끔 버스를 타야 할 때 내야 하는 버스비가 2유로 80센트이고 다시 집으로 돌아올 때 버스비까지 합하면 5유로 60센트가 들기 때문에 한꺼번에 5장을 사면 약간 할인이 되는 5개짜리 버스표를 마침 가지고 있었다. 그녀는 나를 쳐다보면서 "슈퍼마켓까지 걸어가려고 하는데요?"라고 말하기에 나는 "지금 필요하지 않으면 다음에 버스 타야 할 때 사용하세요." 하고 그녀에게 버스표를 건넸다. 독일을 처음 방문한 그녀가 독일에 대해 실망하지 않기를 바라는 마음이었다. 그녀는 고맙다고 하면서 버스표를 받았다. 이틀을 묵은 후 그녀가 떠나는 날, 기차역까지 타고 가라고 다시 버스표 한 장을 그녀에게 건네주었다. 그녀는 이번에는 사양하지 않고 고맙다고 하면서 버스표를 받아 게스트하우스를 떠났다. 그 후, 아르헨티나에 사는 한국 사람을 독일에서 만날 기회가 있어서 요즘 그곳 버스비가 얼마냐고 물었다. "독일 돈으로 환산하면 약 50센트이에요."라고 그분이 알려주었다. 그분의 대답을 듣고 보니, 당시 그녀가 아르헨티나 보다 거의 6배 가까운 비싼 버스비를 지불하고 게스트하우스에 왔는데 다시 약 열 배나 되는 왕복 버스비 5유로 60센트를 지불하고 슈퍼마켓에 다녀와야 한다는 말에 당혹감과 설움이 눈물로 쏟아져 나왔던 것이었구나 싶었다.

기름을 수입해야 하는 독일은 버스비나 기차비 등 교통비가 비싸긴 하지만, 채소나 과일 등 식료품은 저렴한 편이다. 슈퍼마켓에서 10유로에서 20유로면 먹고 싶은 만큼 충분히 살 수 있다. 그에 비하면 버스 한 번 타고 시내에 나갔다 오면 5유로 60센트이고 다섯 장을 한꺼번에 사면 11유로 70센트이니, 버스비가 비싸긴 비싼 편이다. 그래서 날마다 혹은 자주 버스를 타야 하는 일반 시민들은 한 달 동안 사용할 수 있는 할인 승차권을 사서 대중교통을 이용한다. 처음 독일을 여행하는 관광객들에게 기차비도 비싼 편이다. 그래서 이곳 사람들은 일 년 동안 기차를 탈 때마다 기차비의 25%나 50%를 할인해주는 기차 할인 카드를 사용하고 있다.

독일에 처음 온 그녀가 첫 여행에서 좋은 인상을 얻어 다시 독일과 유럽을 방문할 수 있기를 바라는 마음이다. 가난했던 젊은 시절, 독일 첫 여행에서 2유로 80센트 버스비 때문에 울어야 했던 시절을 추억하면서 흥겹게 탱고 노래를 부르며….

(2019년 11.12월호 그린에세이)

# 나의 십 년 후 모습은?

일주일에 한 번 있는 글쓰기 모임에서 〈나의 십 년 후 모습〉이라는 주제로 글을 써보기로 하였다. 흠… 십 년 후 나의 모습? 어떤 모습일까? 상상의 날개를 펼쳐보기로 하자.

십 년 후면 만 70살이 된다. 요즘 큰 병이나 갑작스러운 사고가 없으면 백세까지도 산다는데 중년(?)에 해당하는 나이로 볼 수 있다. 무엇인가 새롭게 첫 출발선에서 도전하고 배울 수 있는 나이다. 십 년 후면 큰아들은 46살, 둘째 아들은 40살, 딸은 35살이 되고 첫 손자는 16살이 된다. 그때 70살의 나는 그들에게 어머니로서, 할머니로서 어떤 삶을 보여줄 수 있을까?

'인생은 70살부터 시작된다.'라는 말을 주위에서 종종 듣는다. 콘라드 아데나워(Konrad Adenauer 1876~1967)는 73세에 독일연방공화국의 초대 총리가 되어서 87세가 되기까지 2차 세계대전 패전국이었던 독일을 재건하였다. 그는 당시 루드비히 에르하르트

(Ludwig Erhardt 1897~1977) 경제 장관과 함께 '라인강의 기적'을 일구어내며 독일이 유럽 최대 경제 대국으로 도약하는 초석을 마련하였다. 남아프리카공화국의 넬슨 만델라(Nelson Mandela 1918~2013)도 76세에 세계 최초의 흑인 대통령에 선출되어 백인과 흑인의 갈등을 해소하는 데 큰 공을 세웠다. 이렇게 칠십 세가 넘어서도 더욱 의미 있고 영향력 있는 삶을 살려면, 젊었을 때 그러한 삶을 살기 위한 준비를 꾸준히 해나가야 한다. 운동선수가 갑자기 어느 날 올림픽 금메달을 받을 수 없는 것처럼…. 날마다 땀 흘리는 연습과 고된 훈련의 시간, 배우고 성장하는 기쁨과 보람의 시간을 쌓아나갈 때 꿈이 이루어지는 영광스러운 시간이 찾아오는 것이 아니겠는가!

십 년 후, 무엇보다 인격적으로 성숙한 모습을 보이는 삶, 가족을 넘어 이웃과 사회를 위해 헌신하는 삶의 모습이 되고 싶다. 그러기 위해 앞으로의 십 년 동안 열심히 인재를 키우는 일을 하리라. 몇몇 같은 뜻과 비전을 가진 친구들과 팀을 이루어 리더 양성, 특히 여성 지도자 교육에 힘쓰고 싶다. 모든 지도자의 영향력이 크지만, 특히 한 사람 여성 지도자의 영향력은 그 가정과 사회, 나라에 큰 영향을 끼친다. 영국의 빅토리아 여왕(1819~1901)과 같은 정치적인 영향력뿐만 아니라 마더 테레사 수녀(1910~1997)와 같은 선한 믿음의 영향력을 생각할 때 자신이 처한 장소와 위치에서 최선을 다하여 이웃을 섬기는 삶을 실천해야 함을 깨닫는다. 우선 내 딸과 두 손녀, 며느리와 내 주위의 친구들을 잘 섬겨서 그들이 속한 가정과 이웃 사회에 선한 영향력을 끼치는 자들이 되도록 나의 글과 나의 삶으로 본을 보이는 삶을 살아야겠다.

둘째, 글쓰기 강사 일을 꾸준히 해나가는 가운데 전문성을 키우고 글쓰기 제자들을 키워서 작가로 살도록 거름 역할을 하여야겠다. 친구들이나 이웃과 함께 글 쓰는 문화를 함께 이루어가고, 그들이 자신의 삶을 기록하고 성찰하는 자서전이나 자전적 에세이를 쓰도록 도와주는 글쓰기 강사, 글쓰기 지도자로 성장해있을 모습을 그려본다. 그러기 위해 나 스스로 날마다 책을 읽고 공부하며 글을 쓰는 꾸준한 연습과 훈련을 먼저 쌓아나가야 하리라. 올해 일주일에 한 편 글쓰기 목표를 세웠었는데 하루에 한 편 글쓰기로 점차 목표를 올려 나가야겠다.

지난해 가을부터 프랑크푸르트 한국문화회관 문화 강좌에 개설된 글쓰기 강좌를 맡아 강의를 시작하였다. 그 첫 강좌에 참가했던 네 분과 함께 꾸준히 글쓰기 모임을 하고 있다. 올봄부터는 다른 도시나 다른 나라에 사는 분들과도 온라인 글쓰기 강의를 시작하게 되었다. 글쓰기를 통한 자기표현의 욕구와 자기 발견, 자기 치유의 효과가 있는 글쓰기를 가르치는 보람을 느끼게 하였다. 문학 창작에 대한 관심이 있지만 글쓰기 강의를 듣거나 글쓰기 지도를 받을 기회가 거의 없는 독일이나 유럽에서 나의 작은 재능과 글쓰기 노하우를 나눌 수 있는 보람된 일이었다.

셋째, 십 년 후에는 내 삶이 녹아든 시 70편이 실린 독일어 시집과 독일어 수필집을 펴내고 싶다. 독일에서 태어나고 자라서 독일어 이해가 더 빠른 세 자녀와 손주들, 독일인 친구들과 이웃들이 독일어로 쓰인 시집과 수필집을 읽으면 그때까지 40년 이상을 독일에서 살아온 나의 삶을 더 잘 배우고 이해할 수 있으리라. 칠십세까지 건강하게 이 꿈을 이루어가도록 날마다 건강과 체력을 키워야겠다. 꿈과 비전을 나누며 함께 자녀, 손주들을 키워야 할 내 인생의 영원한 친구인 남편과 함께 행복하고 보람된 가정을 가꾸어나가도록 열심히 땀날 때까지 걷는 산책 운동이라도 하자.

앞으로의 첫 십 년 후 모습을 상상하며 새로운 각오로 출발하는 나 자신에게 화이팅을 보낸다. 화이팅!

(2020년 5.6월호 그린에세이)

# 장미 꽃나무 네 그루

　독일에서 34년 넘도록 살면서 장미 꽃나무가 있는 집에서 살 때
가 많았다. 우리가 직접 심은 것이 아니라 먼저 세 들어 살던 사람
들이나 집주인이 심은 장미 나무였다.

　5년 전 12월, 새로 지은 집을 사서 이사 왔다. 이듬해 봄, 잔디밭
뿐이던 정원에 빨간색, 진한 빨간색, 노란색, 진한 분홍색 장미 꽃
나무를 심었다. 해를 거듭해갈수록 키가 자라고 가지를 뻗으며 가
느다란 가지 끝마다 꽃송이들이 피어났다. 네 그루 중 가장 많은
꽃송이가 피는 진분홍색 장미 나무에는 11월을 며칠 앞둔 때인데도
대략 30송이의 장미가 피어났다. 꽃잎을 활짝 펴서 하늘 향하고 있
는 장미 꽃송이, 수줍은 듯 가느다란 가지 끝에 피어난 꽃봉오리들
이 만개할 때를 기다리고 있었다. 남편은 두 그루에는 각각 내 이
름과 딸 이름, 다른 두 그루에는 마침 연년생으로 태어난 두 손녀
의 이름을 붙여주었다.

우리 집은 양쪽 옆집과 담장이 없이 붙어있어서 양쪽 정원이 다 잘 보인다. 오른쪽 옆집에는 우리 부부 나이 또래의 독일인 부부가 살고 있다. 부인이 대학교 생물학과 교수라서 그런지 주말이나 휴일이 되면 두 사람이 작업복 바지를 입고 부지런히 꽃이나 나무를 심었다. 그들이 심은 나무 몇 그루가 자연스럽게 두 집을 구분하는 담장 역할을 하였다. 자두나무에 열매가 주렁주렁 달린 것을 보고 우리도 과일나무를 심었으면 좋았겠다는 생각이 가끔 들었다. 그런데 네 그루가 돌아가며 빨간색, 노란색, 진한 분홍색, 진한 빨간색 등 줄지어 피어나는 장미꽃은 눈만 즐겁게 해줄 뿐 아니라 다른 이들에게 선물해주는 기쁨도 맛보게 하였다. 손님이나 가족에게 꽃을 선물할 기회가 오면 한 송이, 두 송이 따다가 주면 감사의 뜻을 표하며 매우 기뻐하였다. 어떤 지인은 장미꽃 한 송이를 선물 받고 나서 사진을 찍어 오래오래 간직한다고 카톡방에 올려주기도 하였다.

그날도 나무에 대롱대롱 매달려있던 몇 송이 시든 꽃과 가지를 잘라주며 손질하고 있었다. 그때 마침 왼쪽 옆집에 사는 젊은 중국인 여자가 정원으로 걸어 나오다가 나와 마주쳤다. 내년 초에 해산 예정인 그녀에게 마침 잘라놓았던 장미꽃 두 송이를 선물이라고 건네주었더니 얼굴이 보름달처럼 환해지며 기쁜 얼굴로 감사를 표하였다. 그녀가 집 안으로 들어간 후, 다시 두어 송이 꽃이 핀 가지를 잘라서 거실과 현관 꽃병에 꽂아 놓았다. 바람에 금방 땅으로 떨어져 풀밭에 여기저기 누워있는 장미 꽃잎들도 며칠이라도 더 바라보려고 조심스럽게 한 장 한 장 꽃잎을 주워서 물이 찰랑거리는 유리 그릇 안에 띄어놓고 연못에 떠 있는 수련을 감상하듯 오가며 다정한 눈길을 주기도 하였다.

정원에 피어있을 때는 나뭇가지마다 피어있는 대로, 꺾어져 꽃병에 꽂혀있을 때는 꽂혀있는 대로 장미꽃은 우리 집을 향기 있고 생기 있게 만들어주었다. 정원에서 피고 지는 장미 꽃나무 네 그루는 이제 우리 가족과 함께 기쁨과 슬픔을 나누는 반려 식물이 되었다.

나뭇가지 끝에 하늘 향하여 꼿꼿이 달린 앙증스러운 수십 개의 작은 봉오리들, 혹은 나뭇가지 잎사귀 뒤에 살짝 숨어 꽃봉오리를 조용히 피우고 있는 꽃나무들을 바라보면 한 가족이나 인생사의 한 단면을 보는 듯하다. 화려하게 피었던 수많은 꽃송이가 아쉽게 시들고 땅에 떨어졌지만, 아직 봉긋봉긋 꽃송이들이 가지 끝마다 그들이 곧 향기를 뿜고 우아하고 아름다운 자태로 누군가에게 기쁨과 행복을 선사할 꿈을 꾸고 있다.

오늘이 둘째 손녀가 네 살, 내일은 첫 손녀가 다섯 살이 되는 날이다. 두 손녀는 우리가 32년 넘도록 사는 마인츠에서 태어났다. 이들이 장미 꽃나무처럼 사랑과 정열, 순결과 우정을 가슴에 품은 향기로운 삶을 살길 바란다. 내년 봄에는 여섯 살 첫 손자와 두 살이 되는 둘째 손자 이름을 붙여서 그들이 좋아할 먹음직한 과일나무도 남편과 함께 힘닿는 대로 심어보기로 하자.

(2020년 11.12월호 그린에세이)

# 코로나 일지

2019년 초에 저 멀리 중국 우한에서 생겼다고 하던 코로나가 3월경, 유럽에도 침입했다. 이탈리아에서 봉쇄령이 내릴 때만 해도 독일에서는 그런 일이 일어나지 않을 줄 알았다. 그런데 프랑스와 오스트리아에 이어 3월 중순부터 독일도 이동 제한, 거리두기 조치가 전국적으로 발표되었다. 마스크 쓰고 손 씻고 거리두기를 하며 6개월을 버티는가 싶었는데 드디어 지난 10월 초, 이제 내 작은 가슴 안으로도 겁 없이 쳐들어왔다. 우한에서 독일까지 무섭게 빠른 속도로 내 가슴 속을 뚫고 들어왔다. 남편도 근육통이 오고 기침을 하기 시작하였다.

사회복지기관에 실습 나가는 딸이 부모가 코로나바이러스에 감염되었으면 실습 나올 수 없으니 부모 코로나 검사 결과가 필요하다고 해서 할 수 없이 검사를 받기로 했다. 그러나 고열이나 식욕부진 등의 코로나 증상이 없으니, 코로나 감염이 아닐 것이라는 확신 가운데 검사를 받았다. 코로나 검사받은 지 하루 만에 앱으로 검사 결과를 남편이 받았다. 양성일 확률이 1%라고 생각하였었는데 남편은 우리가 모두 양성으로 나왔다고 말해주었다. 처음엔 설마 했었다. 감기 걸린 듯 열이 나고 근육통이 생겨서 아스피린 복합제를 세 봉지 먹고 열도 없어졌고 근육통도 며칠 후에는 사라졌었는데…

그 무시무시하게 보이던 톱니바퀴같이 생긴 코로나바이러스가 내 몸 안에 들어왔다니… 남의 이야기만 같고 병원에서만 일어나는 일인 줄 알았는데 기어이 나의 이야기가 되어버렸다. 보건소에서 앞으로 2주 동안은 밖에 나가면 안 되고 집에서만 지내도록 지침을 보내왔다.

나뭇잎들이 곱게 단풍잎 들며 가을 정취가 깊어가는 날씨에 산책하러 나가지도 못하고 집안에서만 지내야 한다니… 뭘 할까나.

방 침대에서 책을 읽고 있던 내게 한 선배님이 전화를 걸어오셨다. 겨울이 오면 코로나가 더 심해질 텐데 더 추워지기 전에, 겨울 감기가 사람들 사이에 퍼지기 전에 미리 코로나를 겪어서 오히려 잘 되었다고 위로해주신다. 그리고 특별한 약이 있는 것이 아니니 꿀차를 많이 마시고 생강차를 마시도록 팁을 주셨다. 본인도 걸렸는데 오히려 남을 생각해주고 위로해주는 마음에 더 감사한 마음이 들었다. 내가 아플 때 남을 위로하고 격려하기가 쉬운 일이 아닌데….

며칠 후, 다른 도시에 사는 둘째 아들로부터 문자가 왔다. 30분 이내에 Rewe 슈퍼마켓에서 주문한 음료수와 과일이 택배로 올 것이라고 했다. 코로나에 걸린 부모를 생각해주는 마음이 고마웠다. 건강할 때는 받아보지 못하였던 과일과 음료수 등 택배를 받아보는 호강을 누렸다. 생수 12병, 오렌지, 포도 등 과일과 작은 통에 담긴 꿀 여섯 통, 고추와 생강, 과일 주스 병 등 네 개의 큰 쇼핑 봉투 안에 아들의 따뜻한 사랑의 마음이 가득 담겨있었다. 남편은 그 꿀로 뜨거운 꿀차를 마시며 기침을 진정시켰고 나는 오렌지와 포도로 비타민을 섭취했다. 오후에는 큰아들이 마스크를 쓰고 집 현관 앞에 며느리가 만든 찌개 냄비와 쌀 한 포대를 놓고 갔다. 마침 현관 앞으로 나오다가 문 앞에 뭔가 놓여있는 것이 보여서 문을 열어보았더니, 큰아들이 우리 정원을 지나 대문을 나서는 것이 보였다. 손을 흔들어 고맙다는 인사를 보냈다. 마침 쌀이 다 떨어졌는데 장 보러 가지도 못할 텐데 큰아들네가 사다 준 쌀로 코로나 때를 잘 넘길 수 있었다. 우리 집 가까이에 사는 큰아들과 며느리는 그 후에도 몇 번이나 찌개 냄비와 반찬을 갖다주었다.

어렵고 아플 때 가족이 있고 부모를 생각해주는 자녀들이 있다는 것이 얼마나 큰 축복이고 감사한 선물인가 하는 생각이 들었다. 키울 때는 한숨 쉴 때도 많았고 결혼을 시킨 후에도 부모의 마음을 몰라주는 것 같아서 마음에 섭섭함이 생길 때도 있었는데 힘들고 어려울 때 가족만 한 울타리가 없다는 것을 확인하는 기회가 되었다.

며칠간 집안에서만 지내다가 모처럼 바깥 잔디밭에 심어진 장미꽃 나뭇가지도 잘라주고 시든 꽃은 따주면서 두 송이 장미를 꺾어와 꽃병에 꽂아놓으니 거실 분위기가 밝게 살아나는 것 같았다. 코로나로 위축되고 힘든 몸과 마음이 장미 향기로 생기를 얻는다.

2주간 자가 격리 기간이 끝날 무렵, 보건소에서 전화가 걸려왔다. 코로나 증상이 남아있는지 이것저것 물어보기에 그런 증상이 없다고 했더니 이제 밖에 나가도 된다고 자유 선포를 해준다. 다시 검사해야 하냐고 물으니 할 필요가 없다고 하였다. 그다음 날, 보건소 담당 직원으로부터 자가격리에서 해방되었다는 확인 메일이 왔다.

아! 자유의 몸이다. 그동안 동네 산책도 못 다니고 장 보러 다니거나 시내에 나가지도 못하여 동면상태였던 다리 근육을 단련시키면서 조금씩 산책을 다니며 자유를 만끽하는 조용한 기쁨을 누렸다.

그로부터 두 달 후인 12월 초, 큰아들네의 셋째가 코로나에 걸렸다는 진단을 받았다. 만 네 살밖에 안 된 손녀가 코로나에 걸려서 유치원에도 못 가고 초등학교 1학년 만 여섯 살 오빠도, 유치원 같이 다니던 만 다섯 살 언니도 꼼짝없이 집에서 같이 자가격리에 들어갔다. 특별한 증상도 없이 아이들은 2주일을 집안에서 부모와 함께 집안을 유치원 삼아 뛰어놀면서 잘 견뎌주었다. 어린아이들이 고열이나 기침 증상도 없이 잘 넘겨주어 고마운 마음이 들었다.

독일에서 가장 아름다운 12월 성탄 시장이 코로나 때문에 문을 닫았다. 가장 화려하고 북적대던 성탄 시장이 문을 닫으니 그야말로 고요한 밤, 거룩한 밤의 성탄 시즌을 보내게 되었다. 독일에 산 지 34년이 지났는데 매년 열리던 성탄 시장이 문을 닫기는 처음이다. 코로나의 위력이다.

Covid19 한 해를 잘 견디고 살아낸 어른들과 아이들에게 박수를 보내며, 건강이나 재정적으로 힘겨운 모든 분에게 서로 가족이 되어주고 이웃이 되어주어 함께 이 어려운 시기를 잘 이겨낼 수 있기를 바라는 마음이다.

새해에는 코로나 변종 바이러스 봉쇄령이 풀리고 만나고 싶은 사람을 만나고, 다니고 싶은 곳을 다니는 세상이 되기를! 그 자유의 세상이 얼마나 소중하고 귀한 선물인가 깨닫고 감사한 마음으로 자유를 누리는 우리 가족과 이웃이 되기를!

(2021년 1.2월호 그린에세이)

# 온돌방 아랫목

독일에 온 지 올해로 어느덧 35년이다. 결혼 후에 3년 동안 직장을 다니다가, 일 년 먼저 독일로 떠난 남편을 뒤따라왔다. 낯선 땅에 와서 강산이 세 번 이상 바뀐다는 오랜 세월을 살았다. 만 27살에 독일에 와서 두 아들과 딸을 키우며 독일 생활에 적응해갔다. 그리고 독일에 온 지 16년 되던 해에 독일 시민권도 얻었다.

만 네 살에 독일에 왔던 큰아들이 어느새 결혼하여 가정을 이룬 지도 올해 8년이 된다. 그동안 연년생 아이들을 낳아서 만 2살에서 만 7살까지 올망졸망 네 손주가 독일말을 종알거리며 자라고 있다. 유치원에 들어가기 전까지는 한국에서 태어나 자란 며느리 덕분에 아이들이 한국말을 잘하더니 유치원에 들어가면서부터 세 아이가 갑자기 독일말을 쏟아내기 시작한다. 집에서도 형제자매간에 독일말로 조잘대며 소꿉놀이도 하고 숨바꼭질도 하며 잘 어울려 논다.

손주들이 내게 무슨 말을 하려고 독일어로 말하면 '쌀라쌀라'하면서 말하지 말고 한국말로 다시 말해보도록 한다. 그러면 만 다섯 살, 네 살배기 두 손녀는 "쌀라쌀라?" 내 말을 따라 하면서 까르르 웃는다. 어린 손자 손녀들에게 '너희가 한국말을 잘하면, 한국 증조할머니 집에 갈 때 같이 한국에 데려갈 수 있다'라고 말해준다. 그런 날이 올까? 그날이 오면 참 좋겠는데…. 속으로 생각하면서.

내가 아이들을 키울 때, 한국에서 친정어머니가 가끔 다니러 오셨을 때 우리 아이들이 집에서 독일말로 이야기하는 것을 들으시면 "쌀라쌀라 독일말로 하니, 무슨 뜻인지 알 수가 없네."라고 말씀하시곤 했다. 그때마다 아이들에게 "할머니는 독일어를 알아들으실 수 없으니, 할머니 앞에서는 한국말을 해야 한다."고 말해주곤 했다.

독일에서 태어나 자란 어린 손자 손녀들도 할아버지와 할머니의 나라, 아빠와 엄마가 태어나고 자란 나라에 데려가 그들이 한국인이고, 한국이 그들의 조국임을 심어주는 날이 오기를 바라는 마음이다. 독일 사람들과 독일 아이들 틈에서 놀고 자라던 손자 손녀가 자기들과 비슷한 한국인이 모여 사는 한국을 보면 매우 놀라겠지? 하는 생각에 벌써 입가에 웃음이 떠오른다.

정신없이 앞만 바라보고 세 자녀를 키우며 살다가 그들이 성인이 되고 이제 숨 돌릴 때쯤 되니, 옛날을 돌아보고 고국에 가고 싶은 마음이 문뜩문뜩 들 때가 있다. 오랫동안 만나지 못했던 친정

식구들과 친척들은 물론, 중고등학교 시절 친구들과 대학 동창들도 만나보고 싶다. 타국 생활로 어머니께 제대로 못 해드렸던 효도할 시간도 가지고 싶다.

요즘 며칠 동안 비가 내리고 바람 부는 차가운 날씨가 이어져서 으스스 추워지니 옛날 온돌방 아랫목 생각이 떠올랐다. 뜨끈뜨끈한 아랫목에 등을 대고 누우면 몸이 풀리고 마음마저 편안해지곤 하였던 기억이 떠올랐다. 어느 외국인이 한국의 온돌에 대해 찬사를 했던 기사가 떠올랐다. 서방에서는 체험할 수 없었던 한국의 뛰어난 난방 시스템인 온돌의 따스한 기운에 반하였던 것이리라.

따뜻한 아랫목에 펴놓은 이불 아래 아직 집에 돌아오지 않은 남편, 혹은 아들과 딸을 위해 뚜껑 덮은 밥공기 사발을 넣어놓았던 따뜻한 정이 한국인의 정서였지 하는 생각이 든다.

한국 전쟁 휴전 후 6년이 되던 해에 태어난 나는 연탄 사들여놓기가 월동준비 중의 하나였던 시절에 자랐다. 교사로 직장생활 하셨던 어머니 대신에 여동생과 함께 연탄불을 꺼트리지 않고 갈아주어야 했던 적도 많았다. 온돌방 아랫목에 모여앉아 자랐던 세대는 정을 알고 정을 나누어주는 세대였다는 생각이 든다. 우리나라가 경제적으로 눈부시게 발전하면서 이제는 세계 경제 대국 12개국에 들고 세계 제1위 혁신적인 나라로 성장하게 되었지만, 가족이나 친구 사이의 따뜻한 정은 많이 사라졌다. 세계 제1위 저출산율 국가가 되면서 아이들의 웃음소리가 사라져가는 나라가 되어가고 있다. 훈훈한 아랫목 가족 문화를 회복해나가야 하지 않을까?

오늘같이 전형적인 독일 날씨라고 하는 비 내리는 날이나 차가운 바람 부는 날이면 유난히 따뜻한 아랫목이 생각난다. 아랫목에 배를 깔고 책을 읽던, 독일에서 한국으로 돌아와 이웃집에 같이 살자고 했던 하나밖에 없는 여동생 생각도 나고 아랫목에 모여 차갑고 감칠맛 나던 메밀묵을 먹거나 군밤을 까먹던 아련한 추억도 떠오른다.

요즘 바깥세상과 점점 차단되고 집안에서 지내는 시간이 많아지는 코로나 때이니 독일 집이지만, 옛날 어린 시절의 훈훈하고 따뜻한 아랫목 문화를 만들어나가야 하겠다. 독일에는 옛날에 지은 집 중에는 벽난로가 설치된 집이 많지만, 대부분의 집이나 아파트에는 따로 벽난로가 없고 스팀을 켜야 따뜻해진다. 예전 한국과 같은 뜨끈뜨끈한 아랫목에 훈훈한 방 분위기는 찾아보기 어렵다. 독일에는 온돌방 아랫목이 없으니 거실이나 집안에 아랫목 같은 따뜻한 공간을 만들어가야 하리라. 가족과 대화를 나누거나, 나만의 묵상의 시간을 갖거나 책과 음악과 대화를 나눌 수 있는 아랫목 공간을 만들면서 추운 마음과 몸을 따뜻하게 데워나가야 하겠다. 체온이 1도 내려갈 때 면역력이 30% 떨어진다고 하지 않는가. 몸과 마음의 면역력을 높여줄 때이다. 코로나 때를 지나고 새로 펼쳐질 인생 2막 시대와 새로운 세상을 용감하게 헤쳐나가기 위하여서라도….

(2021년 문학의 강 봄호)

# 코로나 산책길

　며칠 동안 찬바람이 불고 비도 자주 내렸는데 모처럼 햇빛이 내리 비취는 날이었다. 추운 날씨에 나갈 엄두를 못 내고 집안에만 있던 참이었다. 햇빛이 비칠 동안 햇빛도 쐬고 걷기 운동이라도 해야겠다는 생각에 집을 나선 시각은 오후 2시경. 아직 볼을 스쳐 가는 바람이 차가웠지만, 모처럼 바깥 신선한 공기를 맡는 자유로움을 느끼며 걷기 시작하였다. 그동안 버스나 기차를 타거나, 상점에 들어갈 때 마스크를 쓰느라 숨을 자유롭게 쉴 수 있는 것도 당연한 일이 아니라 감사한 일이라는 것을 배웠다. 남편과 가끔 같이 나가기도 하지만, 따로 할 일이 있거나 시간이 맞지 않을 때 혼자 산책하곤 한다. 그럴 때 내가 원하는 산책 코스를 정하고 내 걸음걸이 속도나 기분에 맞추어 산책 시간도 정할 수 있으니 더 자유롭다.

　일요일 오후 산책길에는 햇빛을 쐬고 신선한 공기를 마시러 산책 나온 독일 사람들을 볼 수 있다. 발발거리는 강아지와 함께 산

보하는 할아버지도 지나갔고, 털모자를 쓴 노부부도 나란히 산책
길을 걸었다. 어린 두 아들을 데리고 가족 산책 나온 동네 부부,
나처럼 혼자 산책 나온 독일 할머니도 지나갔다. 이들은 나와 눈이
마주치면 다정하게 미소를 보내며 인사를 하였다. 처음 보는 사람
인데도 독일인들은 지나가다가 길에서 눈이 마주치면 미소 띤 얼
굴로 '할로(Hallo)'하며 인사를 한다. 나도 그들에게 미소를 보내며
인사를 한다. 마음이 따뜻해지면서 잠시 생각에 잠기게 만드는 순
간이다. 낯선 외국인에게도, 처음 보는 사람에게도 웃음을 건네며
인사를 건넬 정도의 삶의 여유, 마음의 여유가 어디에서 나오는 것
일까? 어릴 때부터 가정에서, 유치원이나 학교에서 그렇게 배우며
살아왔기에 성인이 되어서도 자연스럽게 다른 사람에게 미소 짓고
인사를 하는 것일 텐데…

지금 사는 집으로 이사 와서 5년이 지났는데 이 동네 근처를 여
유 있게 산책할 시간이나 마음의 여유 없이 살았다. 코로나로 모임
이나 만남이 점점 줄어들다가 거의 없어지게 되자 종일 집에 있는
시간과 더불어 산책 시간이 늘어났다. 집에서 걸어 나와 집 주위
두어 바퀴를 돌고 오면 짧을 때는 30분, 집에서 넓은 원을 그리듯
멀리 돌고 오면, 약 한 시간이 걸린다. 조용한 동네 골목을 따라
돌기도 하고, 시간 여유가 날 때는 집에서 좀 떨어진 가파른 언덕
길을 올라간다.

좁은 언덕길 따라 걸어가면 열대여섯 마리 양들이 풀을 뜯고 있

는 들판이 있다. 언덕에 오르면 내리막길 오른쪽으로 유채밭도 볼 수 있다. 봄에 이 길을 산책하면, 인적이 드문 언덕길에 넓게 펼쳐진 노란 유채밭에 마음의 평화와 기쁨이 몰려오고, 푸르른 하늘이 바로 머리 위 가까이 내려앉은 듯 친근하게 느껴진다. 구름이 한가로이 떠다니는 하늘을 바라보며 길을 걷다 보면 마음도 고요해지고 평화로워진다. 멀리 독일 제2 공영 텔레비전 방송국인 ZDF 간판도 시야에 들어온다. 걸으면서 이런저런 생각도 하고 들판에 피어난 풀꽃, 나무나 하늘, 구름 모양도 한참 감상하고 울타리가 낮아서 지나가는 사람들이 다 들여다볼 수 있는 동네 사람들 정원에 피어난 꽃들도 감상한다. 그러다 보면 시상이 떠오르기도 하고 수필 글감도 찾곤 한다. 이 〈코로나 산책길〉 제목도 산책하다가 떠올린 제목이다.

내가 이름 붙여준 '코로나 산책길'!

코로나 때에 자주 걸어가던 산책길을 '코로나 산책길'로 이름 붙여주었다. 일 년 가까이 산책을 하다 보니, 아직 걸을 수 있는 내 발과 다리에 감사한 마음이 들었다. 코로나 감염 위험으로 여행 자제령이 내리고, 온 세계가 코로나 감염에 여행객들을 자가격리시키고 있거나 아예 금지하고 있다. 본래 '코로나'는 라틴어나 스페인어로 '왕관'이라는 뜻이다. 태양 주위에 뻗어있는 대기가 태양의 왕관 모양처럼 보이는 데서 나온 말이라고 한다. '왕관'이라는 뜻처럼 지난해 연초부터 선진국, 후진국 가리지 않고 코로나가 세상을 지배하였다. 이러한 때에 마음대로 기차도, 비행기도 탈 수 없으니 내 발과 다리로 걸을 수 있는 곳을 걷는 것이 자유여행이고 내 발로 걸어가는 길이 자유의 길이다. 자연히 아직 걸을 수 있는 두 발에 감사한 마음이 들어 〈발〉이라는 제목으로 시를 썼다. '한국전쟁 휴전 6년 후에 태어나 세발자전거나 두 발 자전거도 가진 적 없고 네 바퀴 자동차도 몰아본 적이 없다. 그런 내가 35년 전, 대서양 건너 독일에 와서 강산이 세 번이나 변하는 오랜 시간 동안 초록빛 들판, 진노란 유채밭, 푸르른 강가로 다닐 수 있도록 날 실어주는 두 발이 고마운 어느 날'이라는 내용의 시이다.

독일 철학자 칸트(Immanuel Kant 1724~1804)는 80년 동안 고향을 떠나지 않고 살았다. 병약하였던 그는 날마다 산책하러 다니면서 건강 관리를 하였는데 동네 사람들이 그가 지나가면 시계를 쳐다보지 않고도 몇 시인지 알 수 있을 정도로 아침과 오후에 규칙적인 산책 시간을 가졌다고 한다. 산책하면서 사색하거나 떠오르는 생각을 정리하여 〈순수이성비판〉〈실천이성비판〉〈판단력 비판〉 등 철학사에 길이 남을 기념비적인 철학 이론서를 남겼으리라. 후세 사람들은 그가 산책 다녔던 길을 '철학자의 보리수 길'이라고 이름 붙여주었다. 서울의 한 숲길에도 '사색의 문'을 지나 목조 다리를 건너가면 벤치에 앉아 책을 읽는 칸트의 동상을 만들어 놓은 '칸트의 산책길'이 있다고 들었다. 칸트가 산책을 통해 몸과 마음을 치유한 데서 얻은 데 착안하여 만든 산책길이라고 한다. 칸트는 그의 어려운 철학 서적보다 규칙적이었던 산책으로 우리와 더 가까워진 셈이다. 실제로 발뒤꿈치를 누르며 걸을 때 좋은 아이디어나 영감이 떠오른다고 한다. 나도 산책길에서 〈거리 두기〉〈코로나의 봄〉〈발〉세 편의 시를 썼다. 코로나 산책길에서 얻은 시 작품들이니 '코로나 시편'이라고 해둘까?

산책 시간은 나를 둘러싸고 일어나는 일들과 세상일로 복잡해진 머리와 마음을 비우고 명상의 시간, 상상의 시간을 갖고 나를 새롭게 돌아보고 미래를 꿈꾸며 이웃을 생각하는 시간이다. 과거와 현재, 미래의 시간과 공간을 넘나드는 초월의 시간, 밤하늘의 별빛같이 빛나는 시간이 아닐까 싶다. 그 길이 자연과 만나는 길이라면 더욱 마음의 평정을 찾고 자연이 주는 평화와 기쁨을 얻는 시간이 되리라.

올봄부터 시작되는 코로나 백신 접종을 하고 코로나가 어느 정도 사라지게 되더라도 완전히 없어지지는 않을 것이라는 말을 듣는다. 나의 발과 다리에 감사하는 마음으로 '코로나 산책길'을 따라 규칙적으로 산책하러 다녀야겠다. 혹시 아는가? 열심히 규칙적으로 산책하다 보면 칸트처럼 길이 남을 작품을 쓸 수 있을지….

(2021년 한국수필 4월호)

# 자녀에게 남기고 싶은 재산

　가끔 남편과 함께 자동차를 타고 달리면서 서로 나누는 말이 있다. 혹시 갑작스러운 불의의 사고로 세상을 떠나는 경우를 대비하여 유서를 써놓아야 하지 않겠냐는 말이다. 자녀들에게 남겨줄 유산에 대한 이야기나 우리가 남겨 놓은 일들을 자녀들이 어떻게 해나가야 하는지 등 미리 써놓자고 말을 하면서도 아직 실행에 옮기지는 못하고 있다. 아직 우리가 60대 초반이니 너무 이르지 않은가 하는 마음도 있고, 그럴 만큼 마음의 여유를 아직 갖지 못하고 있는 이유도 있다. 유산이라야 우리가 사는 집 한 채밖에 없고 그나마 은행 융자로 산 집이니 세 자녀에게 나누어줄 많은 재산은 없다. 다만 부모로서 자녀들이 어떠한 삶을 살았으면 좋겠는가 정리하여 남기는 일이 필요하다고 생각한다.

　우리 부부는 성경이 가르치고 있는 하나님 사랑, 부모 공경, 이웃 사랑의 핵심 계명을 지키려고 애쓰며 살고 있다. 하나님을 사랑하고 부모를 공경하며 이웃을 사랑하는 삶이 참된 믿음의 삶, 사랑의 삶이라고 생각하며 우리 자녀들도 이러한 삶을 살기를 바라고 있다.

하나님 사랑이란 진리를 사랑하는 삶, 공의를 추구하는 삶으로 나타날 수 있다. 아무리 세상 권력이나 재력을 갖추어도 진리와 공의를 따르지 않고 불의한 방법으로 살아갈 때 그 권력이나 재력은 모래 위에 세운 성과 같이 오래가지 못한다. 성경은 하나님의 말씀이니, 성경에 나오는 진리의 말씀대로 자녀들이 살아가기를 바란다. 둘째로 부모를 공경하는 사람이 되어야 한다. 부모의 희생과 사랑이 없이 오늘의 나를 생각할 수 없다. 부모의 은혜를 모르고 부모를 공경하지 않는 자가 다른 이들의 은혜에 감사할 수 없고 다른 이를 공경할 수 없다. 유교에서는 부모가 돌아가시면 최소한 3년 동안은 부모를 기억하고 추모하도록 가르치고 있다. 그만큼 부모에게 효도하는 효(孝) 사상이 중요한 유교의 가르침이다. 셋째, 이웃을 사랑하는 삶이란 나보다 남을 더 배려하고 존중하며 섬기는 삶이라고 할 수 있다. 나의 유익과 이익을 먼저 생각할 때 남에게 손해를 끼치거나 고통을 주기 쉽다. 남을 이용하거나 짓밟고 자기의 유익을 취하는 이기적인 삶이 결코 아름다운 삶이 될 수 없다. 세상에서 선한 영향력을 끼친 위인들이나 성인들의 삶을 보면, 모두 자기보다 남을 더 위하고 희생하며 섬기는 삶을 살았던 인물들이다.

이러한 삶은 남에게 받은 은혜를 잊지 않고 의리를 지키며 감사하는 삶, 웃어른과 선배를 존경하고 존중하며 질서를 지키는 삶, 약속한 말을 지키는 신의의 삶으로 나타난다. 자신이 어려움이나 곤궁에 처하였을 때 도움을 받았던 사람이나 은혜를 받은 자를 기억하고 감사해야 하는데, 마치 자기 힘과 능력으로 그 자리에 있는 것처럼 그를 무시하거나 교만하게 행동하는 자들이 많다. 웃어른을 공경하지 않고 자기 생각이 가장 옳은 것처럼 주장하거나 무시하는 방자한 젊은이들도 많다. 성경에서 가장 경계하도록 주의시키는 것이 교만하지 말라는 계명이다. 잠언에서 '교만은 패망의 선봉'이라고 말한다. 겸손한 사람이 때가 되면 높임을 받는다. 신의를 지키는 자는 다른 사람이 신뢰할 만한 자이다. 신의를 지키지 않을 때 시간이 지날수록 아무도 그를 믿어주지 않게 된다.

우리 자녀와 손주들이 하나님을 사랑하고 부모를 공경하며 이웃을 사랑하는 자들이 되기를 진심으로 바란다. 진리와 공의를 사랑하고 따르며, 자기보다 남을 더 배려하고 섬기고, 부모님과 웃어른을 공경하며 질서를 지키고 겸손하며 신의를 지키는 삶을 살기를 바란다. 이러한 삶의 지침을 부지런히 가르치면서 또한 먼저 본을 보이는 삶을 사는 것이 부모로서 자녀들과 후손에게 남기는 참된 재산이 되리라고 생각한다.

# 평화의 동산

동네 근처에 아기 예수를 품에 안은 성모 마리아의 조각상이 정면에 보이는 성당이 있다. 그 성당 뒤쪽으로 곳곳에 비석이 세워진 성당 묘지가 있다. 주로 십자가가 새겨진 돌비석이 세워져 있고 간혹 나무 십자가도 세워져 있다. 묘지를 독일어로 'Friedhof'(평화의 동산, 평화의 뜰)이라고 말한다. 독일의 묘지는 으스스하게 공포감을 주는 곳이 아니라 평화롭게 새들이 지저귀고 꽃 화분들이 곳곳 묘마다 놓여있는 평화의 뜰이다. 보통 부부나 가족묘지를 많이 마련하는데 부부 이름이 새겨져 있고 가족묘지인 경우에는 부모님 이름과 그 아래에 아들딸이나 아들, 며느리 이름이 새겨져 있다. 보통 이름과 생년월일, 사망일만 새겨져 있지만, 간혹 얼굴 사진을 새겨 넣거나 묘 앞에 작은 액자에 넣어 세워놓기도 한다. 어떤 묘는 결혼하지 않고 혼자 살다가 돌아가신 분의 이름만 새겨져 있다. 묘지를 찾아와 관리해줄 가족이나 후손이 없어서인지 쓸쓸하게 잡초만 자라고 있는 곳도 눈에 띤다. 부유한 가문이거나 재정적인 여유가 있는 가문은 비석을 크게 세워놓고 열 명 정도 가족 이름이 새겨져 있다. 부부인 경우에는 나란히 관을 묻기도 하고 가족이 여러 명인 경우에는 땅을 깊이 파서 관을 내리고 그 위에 다른 관을 내려서 가족묘를 이룬다.

비석에는 누구의 '가족'(Familie)이라는 독일어 외에도 '안식처'(Ruhestätte)라는 말을 새겨 넣은 데도 많다. 고단했던 지상에서의 삶을 내려놓고 안식과 평화를 누리는 곳이다. 남은 가족들이 찾아와 함께 나누었던 삶을 추억하며 대화를 나누고 고인을 위해 기도하는 추모처이기도 하다. 주거 지역과 가까운 성당이나 공원에 묘지가 있어서 가족들이 직장에 출근하기 전이나 주말에 찾아와 묘지에 심은 꽃에 물을 주고 가꾼다. 보통 우물물과 예닐곱 개의 커다란 물조리개가 있어서 추모객들이 언제든지 와서 비석 앞에 심어놓은 꽃이나 화분에 물을 줄 수 있다. 다른 도시에 살거나 가족이 외국에 살아서 자주 묘지에 찾아오지 못하는 경우에는 화원과 계약을 맺어서 정기적으로 묘지의 꽃을 바꾸어주거나 관리해주기도 한다.

독일인 남편과 살다가 세상을 떠난 한인 여성 한 분은 수목장으로 장례를 치렀다. 살던 도시의 숲속 나무 아래에 유골을 뿌렸기에 남편이나 가족이 산책하면서 들를 수도 있고 숲속에서 조용히 고인을 추모할 수 있는 곳이다.

많은 업적을 남기기도 하고 지치고 고단했던 삶을 살기도 하였던 한 사람 한 사람이 평화의 동산에서 안식과 평안을 누리는 곳이다. 그리고 남은 가족들이 이별의 슬픔을 달래며 부활하여 만날 날을 기약하는 곳이기도 하다.

독일 도시 곳곳의 공원묘지에도 산책하면서 고인이 된 가족이나 친구를 추모할 수 있는 곳이 많다. 공원묘지를 산책하다 보면, 삶과 죽음을 생각하는 진지한 시간을 가질 수 있다. 일정한 기간을 살다가 떠나야 하는 제한된 삶을 어떻게 살아야 평화로운 죽음을 맞이하며, 자손과 후대에 기억되는 보람된 삶을 살 수 있을까 생각하게 된다.

내가 사는 도시에 있는 마인츠 대학 정문 맞은편에는 너른 묘지가 있다. 언덕에 오르면서 각가지 색의 아름다운 꽃 화분들로 장식된 묘를 볼 수 있다. 3만여 명의 젊은 대학생들이 대학 공부를 하는 캠퍼스 맞은편에 묘지가 있다는 것은 우리나라에서 상상하기 힘든 일이지만 독일에서는 가능한 일이다. 삶과 죽음은 공존하고 죽음은 영원한 생명에 이르는 관문이라는 부활 신앙이 뿌리내려있는 나라이기 때문이리라.

주거 지역에 가까운 성당 묘지나 공원묘지를 산책하면서 산 자들은 죽은 자와 공존하는 삶을 살아간다. '죽음을 기억하라'는 '메멘토 모리'(Memento mori)라는 말은 내게 주어진 하루하루의 삶을 감사한 마음으로 가장 가치 있게 살라는 말일 것이다. 나바호 인디

언 족도 이와 비슷한 말을 한다고 전해진다. "네가 세상에 태어날 때 너는 울었지만, 세상은 기뻐했으니 네가 죽을 때 세상은 울어도 너는 기뻐할 수 있도록 그런 삶을 살아라."

독일에 산 지 어언 35년이 되면서 둘째 아들과 딸이 독일에서 태어났다. 그리고 만 4살에 독일에 왔던 큰아들이 결혼하여 며느리와 함께 네 명의 어린 자녀를 키우고 있다. 가족 3대가 사는 독일 땅에 묻힐 날이 언젠가 올 것을 생각하며 햇볕 따듯한 평화의 동산을 산책하곤 한다.

# 삶의 밑반찬

독일 사람이 처음 한국 음식점에 가면 놀라는 점이 있다. 그것은 음식을 주문한 후에 상에 깔리는 반찬 가짓수가 많다는 것이다. 고기나 생선요리를 주문할 경우, 독일에서는 기껏해야 야채샐러드 한 가지가 곁들여 나올 뿐이다. 그러나 한국 음식점은 어떤가. 김치와 깍두기를 시작으로 앙증스러운 반찬 용기에 콩나물무침, 고추조림, 콩자반, 멸치볶음 등 줄줄이 상에 놓은 후에 육개장이나 갈비탕 등 주문한 음식을 올린다. 산이 많고 삼면이 바다로 둘러싸인 우리나라는 산과 들에서 나는 채소나 바다에서 나오는 오징어, 김, 멸치, 생선 등이 많아 다양한 반찬들을 시장에서 손쉽게 구할수 있고 이러한 채소나 해산물로 여러 가지 밑반찬을 미리 만들어두어 한겨울에도 필요한 영양가를 보충할 수 있다. 따로 반찬거리를 사다가 반찬을 만들 시간이 없을 때, 혹은 부부가 같이 외출하였다가 집에 돌아와 식사 준비를 하여야 할 때, 냉장고 안에 몇 가지 밑반찬이 있으면 별걱정 없이 간단히 끼니를 해결할 수 있다. 우리나라는 밑반찬이 있어서 다른 나라 음식문화보다 풍성하고 또 그 지혜가 돋보인다.

시간이 있을 때 언제나 손쉽게 꺼내 먹을 수 있는 밑반찬을 미리 만들어 놓았다가 꺼내어 먹듯이, 우리의 삶에서 이러한 밑반찬을 미리 준비해 놓으면 필요할 때, 혹은 급할 때 요긴하게 꺼내어 쓸 수 있지 않을까? 하는 생각이 든다. 매번 끼니때마다 새로운 반찬을 만들기 위해 장을 보러 가고, 그 재료를 씻고 다듬어 요리한다면 물론 신선하게 먹을 수 있는 장점은 있겠지만, 그러한 충분한 시간이나 힘을 항상 가지고 있는 것은 아니기 때문이다. 우리의 짧지 않은 삶에서 밑반찬을 미리 준비해둔다면 인생의 어려운 시기를 잘 견디어내는 성숙한 삶을 살 수 있을 것이다.

뉴욕에서 9·11테러 추모 10주년 기념행사가 열렸을 때, 버락 오바마 미국 대통령과 9·11테러 당시의 대통령이었던 부시 전임 대통령이 참석하였다. 오바마 대통령은 추모사를 대신하여 성경의 시편 46편을 읽었다고 한다. 3천여 명의 생명을 앗아간 9·11테러로 사랑하는 남편이나 아내, 아들이나 딸들을 잃은 유족들, 그들의 슬픔은 사람의 어떠한 말로도 위로하기가 어려웠으리라. 그래서 "우리의 피난처시요 힘이시니 환난 중에 만날 큰 도움이시라"는 시편 말씀을 그대로 전하였다고 생각한다. 부시 대통령도 다섯 아들을 남북전쟁에서 잃은 한 어머니에게 보낸 에이브러햄 링컨의 편지를 읽음으로써 자신의 추모사를 대신하였다. 큰 고통과 슬픔, 시련의 때에 삶의 밑반찬을 준비하지 못한 자들은 당황하고 불안해하며 고통스러워한다. 이 고난의 때를 견디지 못할 때, 깊은 두려움과 절망 가운데 극단의 길을 택하는 자들이 얼마나 많은가.

큰 환난의 때에 하나님을 피난처요 힘으로 의지하는 믿음, 큰 고통의 때를 견디어내는 인내심, 슬픔 속에서 평정을 잃지 않고 그 슬픔의 연단 후에 찾아올 희망을 바라보는 삶에 대한 낙관적인 자세, 사랑하는 이의 생명을 앗아간 자연재해나 사람에 대한 분노를 잠재우고 더 나아가 그 원수들을 용서하는 용서의 위대한 힘, 자신을 비난하고 비방하는 자들의 독을 품은 말을 들을 때 좌절하거나 분노하지 않고 위기에 대처하는 유머 감각과 자신감 등을 삶의 밑반찬으로 준비해 놓은 이들은 긴 인생의 어두운 터널을 지나 마침내 밝은 태양 빛을 볼 수 있으리라.

사람들이 많이 모이는 길을 지나다가 혹은 백화점이나 시장 안에서 옆 사람이나 마주 오는 사람들과 부딪히는 경우가 있다. "미안합니다."하고 고개를 숙여 인사를 하면 어떤 사람은 미소를 지으며 "괜찮습니다."라고 말하지만, 적지 않은 사람들이 표정을 일그러뜨리며 화를 내거나 심지어 욕을 하는 경우도 있다. 그 마음에 사랑과 용서와 인내와 이해심의 밑반찬이 있는 사람과 없는 사람의 차이가 아닐까 싶다.

독일 사람들에게 배우는 점이 많지만, 특히 인상적인 것은 비록 잘 알지 못하고 전혀 모르는 사람이라도 길을 지나가며 눈이 마주치는 경우에는 반드시 웃으며 눈인사를 하거나 "안녕하세요?" 하는 인사를 하는 것이다. 그만큼 그들의 마음에 다른 사람들을 받아들이는 마음의 여유와 따뜻함이 있는 것으로 생각된다. 독일에 오셨던 친정어머니도 아침 일찍 산책하러 나가면 지나가는 독일 할아버지나 할머니들이 미소를 머금고 아침 인사를 하는 것이 참 좋아 보인다고 말씀하신 적이 있다.

몇 년 전에는 아는 분의 생일 초대를 받아 남편과 함께 자동차를 타고 낯선 도시에 간 적이 있었다. 사람이 잘 다니지 않는 찻길에 지나가는 차를 세우고 길을 물었을 때 그들은 자신들이 가는 방향과 달랐지만, 일부러 우리가 찾는 방향의 길까지 앞서 운전하여 길을 가르쳐 준 적도 있었다. 이웃에 대한 관심과 배려, 자신의 유익을 양보할 줄 아는 희생 등의 삶의 밑반찬을 가진 자들이다.

선거운동을 할 당시 아브라함 링컨에게 반대정당의 정치가들이 '두 얼굴을 가진 위선자'라고 공격하였다. 화를 내거나 위축되는 대신에 링컨은 유머로 이에 유연하게 대처하여 국민에게 더 인기를 얻게 되었다. "내가 만일 얼굴이 두 개라면 왜 이처럼 못생긴 얼굴로 여러분들 앞에 섰겠습니까?" 원수가 던지는 독을 품은 비난의 말에 상처를 받고 분노하였다면 링컨은 국민의 신뢰와 인기를 얻지 못하고 미국 대통령에 당선되는 영광을 얻지 못하였을 것이다. 많은 지도층의 사람들이 반대파들의 비난이나 비방에 함께 분노하고 싸우다가 자멸하는 경우가 많다. 유머는 상대방을 품는 너그러운 마음과 자신이 하는 일과 자신에 대한 확신에서 나오는 것이기에 지도자들에게는 유머가 거의 필수적인 삶의 밑반찬이라고 해도 좋을 것이다.

우리나라가 OECD 국가 중 자살률이 제1위라는 소식이다. 고난과 고통의 때에 삶에 대한 희망이나 의미를 잃고 인생의 어둡고 고통스러운 터널을 끝까지 인내하여 달리지 못하고 극단의 길을 선택하는 자들이 하루에 40명이 넘는다고 한다. 맛있고 영양가 있는 밑반찬을 만들어 오래 보관하며 필요할 때마다 꺼내 먹은 우리 조상들의 지혜를 본받아 인내와 용서, 삶에 대한 긍정적인 자세, 유머 감각 등을 우리 삶의 밑반찬으로 준비해 나가는 지혜가 절실히 필요한 때라고 보인다.

4

# 크레타섬의
# 무지개

크레타섬 크노소스 궁전에서 (2019년 3월)

백조의 성 앞에서 (2020년 8월)

# 88세 어머니의 시집 『바람의 안무』

올 초에 어머니의 미수 기념 시집이 출간되었다. '미수'라는 뜻은 '88세'라는 뜻이다. 한자 '미(米)'자를 풀어쓰면 '팔(八)' 자 두 개가 되므로 88세를 미수(米壽)라고 한다.

1968년 〈현대문학〉지에 화음, 남해도 등을 발표하며 시인으로 등단하신 후, 14번째 발간된 시집이다. 어머니의 첫 시집 〈화음〉(1969년)을 시작으로 〈바다에 내린 햇살〉 〈파도를 갈기며〉 〈겨울새〉 〈어린 신에게〉 등 내가 아직 한국에 살 때, 어머니가 펴내셨던 몇몇 시집 제목이 아직도 기억에 남아있다.

어머니는 고등학생 시절에는 〈미래자〉 라는 동인지를 만드셨고, 대학생 때에는 전국 대학교 문예 서클 대표들로 결성된 청년문학회를 만들어 활발한 문학 활동을 하셨다. 결혼 후 네 자녀를 낳고 키우시며 만 35살에 시인으로 등단하셨다. 결혼 십 년 후에 아버지와 헤어지시고 혼자 네 자녀를 키우신 어머니는 지난 반세기 이상을 시 쓰기로 눈물과 땀의 길, 삶의 가시밭길을 헤쳐나오셨다.

내가 독일에 온 지 7년 만에 처음으로 만 9살, 만 4살 두 아들을 데리고 한국에 나간 때가 1993년, 어머니 만 60세 기념 시전집 발간하는 출판기념회 때였다. 그로부터 20여 년이 지난 2012년, 다시 어머니 팔순 기념 시전집 발간 때 독일에서 남편과 큰아들, 딸과 함께 한국에 나가 어머니 시전집 출판기념회에 참석하였다. 지난 52년 동안 두꺼운 시선집을 두 권이나 발간하시고 14권의 시집을 내셨으니, 그동안 평균 3년 반마다 시집을 펴낸 셈이다. 반세기 이상의 세월 동안 치열하게 시를 쓰시며 살아오셨구나 싶다.

40여 년 동안 중학교에서 제자들을 가르치는 국어 교사로서, 시인으로서, 네 자녀의 어머니로서 주어진 삶에 최선을 다하여 성실하게 사시고 이제 미수 기념 시집까지 출간하신 어머니에게 마음으로 뜨겁게 감사와 축하의 박수를 보내드린다.

지난 3월에 독일에 오는 유학생 편으로 어머니 새 시집을 전해받았다. 제목 〈바람의 안무〉에 걸맞게 펄럭거리는 바람의 춤 이미지로 표지 디자인이 환상적인 색채로 꾸며졌다.

......

복과 수명의 꽃
복수초 꽃 언저리에서 햇빛이 새들의 장단에 맞추어
환희의 춤을 춘다

숲이 바람을 만나면 나무들이 춤을 추고
바다가 바람을 만나면 파도가 춤을 춘다

우주만물의 신명
신바람 춤
춤이 있어 살아있는 생명이다
들숨 날숨의 심장의 춤이다

자연이
봄맞이 무대를 준비하는 2월에
바람의 안무가 한창이다.

– 시 〈바람의 안무〉 중

곧 구순을 바라보는 연세에도 환희의 춤, 신바람 춤, 들숨 날숨
의 심장의 춤 등 역동적 에너지가 넘치는 표현이다. 이 시집을 받
은 날, 시집에 실린 67편의 시를 다 읽고 나서야 앉았던 자리에서
일어났다. 그리고 다음 날, 어머니에게 카톡 인사를 보내드렸다.
"〈웃음 치료법〉 시 읽다가 저도 '호호호 하하하' 웃고 외갓집 시편
들을 읽다가는 눈물을 흘리곤 했네요. 어머니 시는 늙지 않고 더
서정적, 관조적, 잘 익어가는 모과 향기 시편이네요. 시 〈들꽃기
도〉도 좋았고요. 곁에 두고 음미하며 읽으려 해요." 어머니 답장이

카톡에 떴다. "벌써 읽고 독후감까지 주니 신난다. …. 댕큐 댕큐 베리 댕큐다." 어머니는 88세 연세에도 아직 신나실 때도 있고 '건강하시길 기도 드린다.'는 말에 영어 인사도 아직 잊지 않으시니 정신연령은 나보다 훨씬 더 젊으신 듯(?)하다.

시집 서문에는 짧은 네 줄로 〈시인의 말〉이 실려 있다.

> 자연의 신비가 주는 기쁨과 위안
>
> 모든 인연들에 대한 사랑과 감사가
>
> 노년의 내 시와 삶에
>
> 더 많은 자양분이 되어주리라 믿으며, (2020년 정월)

시력 52년의 원로 시인의 시와 삶에도 아직 필요한 자양분은 자연의 신비가 주는 기쁨과 위안, 모든 인연들에 대한 사랑과 감사라는 것을 일깨워주는 말이다.

아직도 어머니는 앞으로 더 많은 자양분이 들어 있는 시를 쓰시겠다는 긍정과 감사의 에너지가 넘치시는 정년이 없는 현역 시인이시다.

요즘 독일 전국에 외출 제한 조치가 내려지고 2인 이상 모이지 못하는 코로나 때에 동네를 산책하면서 어머니의 〈웃음 치료법〉 시를 떠올린다.

요즈음 웃으면 만병을 예방 치료할 수 있다는 웃음 치료법이 한창 각광을 받고 있다./ 열 손가락 꼽을만한 웃음의 효과 항목 중의 '치매 예방에 도움이 된다.'에 마음이 끌려 하하하 하하하 호호호 하하하 헤헤헤 하하하 후후후 하하하 히히히 하하하 웃음 뒤에는 하하하를 붙여 하루에 10초씩 손뼉 치며 하는 치료법 따라 해보기로 했다./ 사람 발길 드문 강변 산책길 갈대밭 가운데서 혼자 짝짝 손뼉 치며 박장대소 흉내 내보니/ 갈대들이 백주에 별 미친 짓 다 보겠다며 허리 흔들어대면서 웃음 삿대질하는 바람에/ 치매에 걸린 내 시가 하하하 호호호 헤헤헤 후후후 히히히 하늘로 훨훨 사라져 가 버렸다.

– 시 〈웃음 치료법〉 전문


부활의 달 4월에 코로나바이러스로 웃음을 잃은 사람들에게 희망 바이러스가 새롭게 퍼지고 하하하 호호호 후후후 웃음꽃이 집마다 거리마다 피어나길 바라며….

(2020년 4월 교포신문)

# 동양의 탈무드 〈채근담〉

　자신이 놓인 처지나 상황에 만족하며 사는 사람보다 그렇지 않은 사람이 세상에 훨씬 많지 않을까 싶다. 자신이 원하는 대로 일이 잘 풀리지 않을 때, 자신이 행복하지 못하도록 만들었다고 생각되는 주위 사람에게 불평불만 하는 마음이 들 때가 많다. 또한, 자신의 약점과 부족함이나 실망스러운 상황을 바라보고 인생의 용기를 잃고 좌절하기 쉽다. 〈채근담〉(菜根譚)에서 저자는 다음과 같이 인생의 지혜를 가르쳐준다.

　"일이 조금이라도 뜻한 대로 되지 않거든 나만 못한 사람을 생각하라. 그러면 원망이 저절로 사라질 것이다. 마음이 조금이라도 게을러지거든 곧 나보다 나은 사람을 생각하라. 그러면 정신이 분발할 것이다."

　자신보다 더 나은 사람과 비교하며 열등감이나 불평하는 마음을 갖지 말고, 자신보다 더 힘들거나 어려운 처지인 사람을 생각하고 자족하라는 뜻이다. 좁은 집에 사는 사람은 넓은 집에 사는 사람을 부러워하고 자신의 처지에 대해 불만스러운 마음을 가지기 쉽다. 그럴 때 전쟁이나 기근으로 조국을 떠나 낯선 나라에 와서 난민 캠프에 머물며 열악한 환경 가운데 사는 난민들, 혹은 집 없이 추위에 떨며 지내는 노숙자들이 많다는 사실을 잠시라도 생각해본다면 원망하거나 불평하는 마음이 사라질 것이다. 갑작스러운 지진이나 홍수로 집을 잃은 수많은 사람을 기억한다면, 하루 일을 마치고 돌아갈 집이 있다는 것만으로도, 쉴을 갖고 밤에 편안히 잘 수 있는 방 한 칸만 있어도 불평하는 마음이 사라지지 않을까? 물론 자신이 처한 상황에 머무르면서 체념하며 살라는 것이 아니다. 자신의 형편에 자족하고 감사하면서 한편으로 자신이 원하는 더 나은 상황을 위하여 게으르지 말고 열심히 일해야 한다는 뜻일 것이다.

사람과 사람과의 만남과 사귐 가운데 괴롭고 견디기 어려운 일들이 인생 곳곳에 숨어 있다가 불쑥불쑥 우리에게 부딪혀온다. 절대 평탄하지만은 않은 우리 삶의 여정에서 부딪히는 예기치 않은 일들을 어떻게 대처할 것인가?

"자기를 반성하는 사람은 닥치는 일마다 모두 약석(藥石)이 되고, 남을 탓하는 사람은 생각하는 것마다 모두 창과 칼이 된다. 한편은 숱한 선의 길을 열고, 한편은 온갖 악의 근원이 되나니 그 서로의 다름이 하늘과 땅 사이 같다."

대인은 남을 가르치기에 앞서 모든 부딪히는 일을 통해 자신을 반성하고 자기 자신을 가르친다. 반면에 소인은 항상 남을 탓하며 비난하고 욕하며 온갖 악의 근원이 된다. 그의 생각이 모두 남을 찌르고 상처 주는 창과 칼이 된다고 한다.

"뜻을 굽혀 남에게서 기쁨을 사느니보다는 내 몸의 행동을 곧게 하여 남의 시기를 받음이 낫고, 좋은 일을 한 것도 없이 남에게서 칭찬을 받는 것보다는 나쁜 짓을 하지 않고도 남에게서 흉을 잡히는 편이 낫다."

세상의 일시적인 인정이나 유익을 얻기 위하여 자신의 곧은 뜻을 굽히고 불의와 타협하지 말고 내 몸의 행동을 곧게 하여 꿋꿋이 곧은 길로 가야 함을 말하고 있다. 빌라도는 예수가 아무 죄가 없는 것을 알았음에도 유대 사람들에게 인정을 받고 자신의 권력을 지키려고 불의와 타협하였다. 진실을 부인하면서 사람의 인정을 얻고자 하였을 때, 그는 하나님의 아들 예수를 십자가에 넘겨준 영원한 죄인으로 전락하였다. 일시적인 자기 유익이나 자기방어를 위해 남을 모함하고 자신이 져야 할 책임을 다른 사람에게 전가하여 역사에 길이 남는 죄인의 길에 들어서지 않아야 한다. 차라리 잠시 남의 시기나 오해를 받더라도 곧은 길을 가야 한다고 이 글은 가르치고 있다. 세상의 모든 일은 얽히고설켜 있지만 결국 옳은 이치대로 돌아간다는 '사필귀정'이 된다는 것을 알아야 한다.

〈채근담〉에 나오는 글은 읽는 구절마다 마음을 비우며 새롭게 가다듬도록 만든다. 그리고 어렵고 힘든 사회생활에서 곧고 바른 삶을 사는 데 필요한 인생의 지혜와 교훈을 인생의 경륜과 고매한 인격에서 우러나오는 목소리로 조곤조곤 가르쳐준다.

〈채근담〉은 중국 명나라 학자 홍자성(1573~1619)의 수상집이다. 그는 자세한 이력 없이 명나라 학자로만 알려져 있다. 무능하고 부패한 권력, 바닥난 국고 등 이미 멸망의 기운이 감돌던 명나라 말기 혼란의 시대에서도 저자는 참다운 사람의 길을 모색했고, 이 책을 통해 자신이 깨달은 인생의 참된 뜻과 지혜로운 삶의 방식을 보여주고 있다. 유대인에게 삶의 지혜를 가르치는 〈탈무드〉와 같은 인격 수양서로서 처세를 가르치는 명언으로 가득 차 있어 '동양의 탈무드'라고도 한다. 일어일구의 단순한 글이지만 그 속에 심오한 진리가 들어 있다. 이 채근담은 '부귀한 사람에게는 근신과 경계를, 빈천한 사람에게는 용기와 안정을, 성공한 사람에게는 충고와 경고를, 그리고 실의에 빠진 사람에게는 격려와 평안을 준다.'라고 책표지에 적혀 있다.

서문을 쓴 우공겸은 이 책에 대해 '청렴하고 각고 노력한 가운데서 체득한 것'이며 '인생의 풍파에 싸여 있으면서 고난을 고루 맛보았다는 것을 알 수 있겠다.'고 하며 〈채근담〉이 저자의 인격 수련과 온갖 고생을 통한 인생의 깊은 깨달음 가운데서 나온 진리임을 말하고 있다.

〈채근담〉은 전집(前集)과 후집(後集)으로 이루어져 있는데 전집 225개 항은 주로 사회생활 중의 마음가짐과 처세에 대해 기록하였고, 후집 134개 항은 은퇴한 다음에 한가롭게 자연을 벗하며 살아가는 즐거움을 읊고 있다. '채근(菜根)'이라는 말은 '들풀의 잎사귀나 뿌리'를 뜻하는데 송나라 대학자인 주희가 지은 〈소학〉에 송나라 학자 왕신민의 '사람이 언제나 채근을 씹고 먹을 수 있다면 곧 백 가지 일을 가히 이루리라'는 말이 인용되어 있는데 역자는 책 제목이 이에 유래된 것으로 보고 있다.

'책 속의 진리'라는 소제목으로 다음과 같은 글도 있다.

"독서를 잘하는 사람은 마땅히 책을 읽어 손발이 춤추는 경지에까지 이르러야 한다. 그래야 비로소 형식에 구애받지 않는다."

이에 대한 해설로 역자는 '책을 읽을 때는 그 진수에까지 이르도록 읽고, 지엽적 문제에 사로잡히지 말아야 한다'고 말하고 있다. 우리나라의 시조를 연상시키는 짧은 시구로 이루어진 〈채근담〉의 총 359항은 조용한 아침 시간이나 일과를 마치고 잠들기 전에 한 장씩 풀뿌리를 천천히 씹듯이 그 뜻을 음미하며 읽기에 좋은 인생 지침서이며 인격수양서이다. 저자가 이 책을 통하여 말하고자 하는 진수에 이르기까지 읽어서 우리의 손발이 춤추는 경지에 이르기를 기대해보면 어떨까?

적을 이기고 여러 전쟁에서 승리하였던 영웅들 가운데도 자신의 내면에 일어나는 적개심, 분노, 권력욕, 명예욕, 탐심, 정욕, 배신감 등을 이기지 못하고 비통함 가운데 눈을 감은 자들이 많다. 자신의 마음을 다스리고 마음을 지키는 자가 진정한 영웅일 것이다. 탈무드에서 '가장 강한 자는 자신을 이기는 자"라고 말했듯이.

# 27년 전신 마비 철인 이야기

폴란드에서 책 한 권이 날아왔다. 교통사고를 당하여 목 아래 온몸이 마비되어 27년 동안 병상에 누워있는 재미동포 윤석언 님의 병상 일지와 폴란드에 살면서 그와 2천여 통의 이메일을 주고받은 친구 박수민 님의 우정의 기록이다. 27년이면 내가 한국에서 독일로 떠나올 때 나이만큼의 햇수이다. 내가 모국에서 초등학교부터 대학을 다니고 결혼한 후에 3년 동안 직장생활을 하면서 첫아들을 낳아 2년 동안 키웠던 그 오랜 세월을 미국의 한 요양원 병상에서 보낸 철인의 이야기이다. 아주 슬프고 절망스러운 이야기 같은데 책 표지는 파스텔 색조의 분홍색 표지로 독자에게 따뜻한 희망의 책으로 다가온다.

책 머리말 '나의 이야기'에서 그는 "나는 아직도 누군가가 밥을 먹여줘야 하고, 씻겨줘야 하고, 옷을 갈아입혀 줘야 한다. 하루에도 몇 번씩 기관지에서 가래를 뽑아줘야 하고, 낮은 혈압으로 인한 어지럼증 탓에 앉은 자세로는 오래 있을 수도 없다."라고 쓰고 있다. 무엇보다 기본적인 생리적 문제 해결도 항상 누군가의 도움을 얻어야 하는 것이 가장 힘든 점이라고 말한다.

그는 수십 년 동안 누워만 있기 때문에 심장이 약하여져서 저기압으로 어지럼증과 두통에 시달리면서도 새벽 3시나 4시에 깨어서 고통과 아픔 가운데 있는 다른 사람들을 위해 기도한다. 오전 11시부터 두 시간 동안 성경을 쓰는데 그것도 자유롭게 손으로 쓰는 것이 아니라 눈동자의 움직임을 감지하는 특수 스티커를 부착한 안경을 쓰고 글자 한 획씩 눈으로 입력하는 힘든 작업을 하면서 말이다. 남보다 거의 100배 이상 느린 속도로 컴퓨터 작업을 하면서 그는 꾸준히 시를 썼고, 병상에 누운 지 십 년이 되던 해, 『마음은 푸른 창공을 날고』(코람도데 출판사, 2001년)이라는 제목으로 시집을 출간하였다.

병상에 누워서도 사이버대학에서 대학 공부를 마쳤고 현재 온라인으로 목회학 석사과정을 밟으며 정상인도 하기 어려운 헬라어 공부를 마쳤다. 자유롭게 두 손과 두 발을 움직이며 다니는 나도 못 하는 일들을 전신 마비로 병상에 누워있는 그가 해내고 있는 것을 보며 몹시도 부끄러운 마음이 들었다. 이 책의 2부를 쓴 폴란드 친구 박수민 님의 시에 나온 한 구절이 나의 심정을 그대로 전해준다.

"…내 친구는 누워서도 세상과 나를 향해서 회초리를 던진다."

온전한 육신을 가지고 있으면서도 게으르거나 불평불만으로 지내는 사람들에게, 남의 고통에는 전혀 관심이 없이 자신의 유익과 안락만을 위해 사는 사람들에게, 자신의 병이나 고통 가운데 인생의 슬프고 어려운 일 앞에서 절망하여 끊임없이 자신이 처한 환경과 다른 사람들을 원망하는 이들에게 회초리를 던지고 있다. 27년을 전신 마비로 누워있는 자도 날마다 감사하는 삶을 살고 있지 않으냐고, 꼼짝할 수 없지만 고통 중에 있는 다른 사람들을 위하여 새벽마다 기도하는 삶을 살고 있지 않으냐고, 건강하고 온전한 몸으로 더욱 주어진 삶에 감사하면서 이웃을 섬기고 사랑하는 삶을 살라고 회초리를 던진다.

그는 1991년, 미국에 온 지 6개월밖에 안 되었을 때 교통사고로 전신 마비 장애인이 되었다. 교통사고를 당하기 전, 그는 젊은 시절에 북한산을 100번 이상이나 오르고 암벽을 타고 올랐었다. 자일(Seil) 한 줄에 생명을 걸고 산을 오르고 또 올랐던 산사나이가 23살의 나이에 교통사고를 당하여 전신 마비로 27년 동안 살아온 삶은 소설보다 더 소설 같은 삶이다. 그는 암벽을 오르던 시절, 자일에 몸을 묶고 암벽을 올랐던 것처럼 이제 예수 그리스도의 자일에 자신을 묶고 믿음의 산을 오르고 있다고 쓰고 있다.

고통스러운 자신뿐만 아니라 그를 돕고 섬기기 위해 고생하는 주위 사람들에게 짐을 지우지 않기 위해 차라리 자신의 목숨을 거두어주시도록 새벽까지 기도하였다는 대목에서 그의 힘겹고 고통스러운 하루하루 삶의 무게가 느껴졌다. 그의 주위에는 여러 천사의 모습이 보인다. 날마다 요양원을 찾아 저녁 식사를 떠먹여 주시는 그의 어머니, 다른 병원에서 간호사로 직장생활을 하면서도 12년이 넘는 세월 동안 퇴근 후에 날마다 요양원을 찾아와 그의 젖은 기저귀를 갈아주고 함께 감사 제목을 나누는 간호사님, 매주 두 번씩 그의 머리를 감겨주고 이발까지 깨끗이 해주시는 교회 집사님, 주일마다 휠체어에 탄 그를 장애인용 밴에 태우고 교회에 데려다 주고 데려오는 두 청년 천사들, 그리고 2년 동안 2천여 통이 넘는 이메일로 우정을 나누고 있는 선교사 친구 등. 아름다운 형제 사랑, 이웃사랑을 나누는 그들이 곁에 있었기에 그는 극심한 육신의 고통과 무거운 삶의 무게 가운데서도 강산이 세 번 변하는 세월 가까이 그의 꿈을 향하여 하루하루 전진하는 삶을 살고 있다. 비록 병상에 매여 있는 몸이지만 한 글자 한 글자 더디고 힘들게 쓴 그의 글로 문서 선교를 하는 것이 꿈이다. 그리고 목회학 공부를 하여 오지에 있는 사람들을 섬기는 선교사가 되는 꿈을 꾸고 있다.

자신의 일상에서 체험하는 하늘의 은총과 자신을 돕는 천사와 같은 주위 사람들에게 감사하는 마음으로 그는 글을 쓰기 시작하였다. 호킹 박사처럼 눈동자의 움직임을 감지하는 특수 스티커를 부착한 안경을 쓰고 모니터를 응시하며 자음과 모음을 하나씩 눈으로 입력하는 어려운 작업을 하면서 이 책을 썼다. 자신의 글과 삶을 통해 다른 사람들에게 삶의 용기를 불어넣어 주기 위해, 꿈쩍

할 수 없는 그에게 찾아오셔서 삶의 용기와 희망을 주시는 하나님을 전하기 위해. 책 표지 제목부터 여느 책과는 달랐다. 지금도 시공을 초월하여 우정을 나누며 아름다운 삶의 동행을 하고 있는 친구와 함께 쓴 그의 책 제목은 『꼼짝할 수 없는 내게 오셔서』이다.

내가 꼼짝할 수 없는 몸으로 병상에 누워있다면, 그것도 언제 다시 건강한 몸으로 벌떡 일어날 수 있으리라는 희망이 보이지 않는 상황에서 27년 세월을 보내는 동안 그와 같은 삶을 살 수 있었을까? 아파서 일주일만 누워있어도 삶에 대한 의지와 용기를 잃기 쉬운데…. 224쪽에 이르는 책을 읽으면서, 그리고 다 읽은 후에도 나는 그가 병상에서 던지는 회초리를 맞고 있다. '나는 꼼짝할 수 없는 몸으로 예수 그리스도의 자일에 몸을 묶고 오늘도 내게 주신 삶에 감사하면서 믿음의 산을 오르고 있지 않은가?' 성대 한쪽이 마비된 그가 힘겹게 뱉어내는 목소리가 들리는 듯하다.

(2018년 7·8월호 그린에세이)

# 『행복한 글쓰기』

## ―글쓰기 비법 30가지를 알려주는 책

"글을 잘 쓰려면 글쓰기의 비밀을 알아야만 한다. 그 비밀은 바로 글쓰기도 배워서 익혀야만 하는 기술이라는 점이다. 매일 조금씩 연습하면 누구나 글을 잘 쓸 수 있다."

위에 적힌 글은 『행복한 글쓰기』(원제 Writing Magic) 책을 번역한 김연수 소설가가 책 서문에 쓴 글이다. 이 책은 미국 아동문학 작가인 게일 카슨 레빈(Gail Carson Levine 1947~ )이 글쓰기 비법에 관하여 쓴 책이다. 그녀가 쓴 책으로는 뉴베리상을 수상한 『마법에 걸린 엘라』(1997)와 『밤마레의 두 공주』(2001) 등이 있다. 뉴베리상(Newbery Medal)은 미국에서 가장 오래된 아동문학상으로서 영국의 책 출판업자이며 '어린이 책의 아버지'라고 불리는 존 뉴베리(John Newbery 1713~1767)의 이름을 붙여 제정된 상이다. 1921년부터 미국도서관협회(ALA)에서 해마다 가장 뛰어난 아동 도서를 쓴 작가에게 주는 상으로 '아동 도서계의 노벨상'이라 불린다. 수상자에게 메달을 수여하므로 '뉴베리 메달'로 알려져 있다. 이 책은 작가가 어린이들에게 글쓰기를 가르치면서 터득한 글쓰기 비법 30가지를 정리한 책이다. 그러나 어른에게도 적용되는 좋은 글쓰기 비법이기도 하다.

올 1월 25일, 미국에 사는 27살의 젊은 한국계 테이 켈러 작가가 2021 뉴베리상을 받았다. 수상작품은 그녀가 외할머니에게서 들었던 한국 전래동화에서 영감을 받으셨다는 『호랑이를 잡을 때 (When You Trab a Tiger)』라는 장편 동화책이다. 심사위원단은 이 작품에 대해 '한국 전래동화에 생명을 불어넣은 마술적 사실주의의 걸작'이라고 하며 '사랑과 상실, 희망을 생각해보게 한다.'라고 호평하였다.

이처럼 이십 대에 벌써 세계적인 문학상이나 작품을 발표하는 작가들을 보면, 글은 타고난 재능이 있어야 잘 쓸 수 있는 것으로 생각하기 쉽다. '내게는 그러한 글재주나 글 솜씨가 없어. 작가는 따로 있는 거야'라는 생각으로 아예 글을 쓸 용기를 내지 못하고 글쓰기를 멀리하거나 두려워한다.

그러나 만일 이러한 작가들이 재능만 믿고 꾸준히 쓰는 글쓰기 연습이나 훈련을 하지 않았다면 그러한 작품들을 쓰지 못하였을 것이다. 이처럼 글쓰기를 처음부터 포기하는 사람들에게 게일 카슨 레빈은 '글 솜씨가 없다는 생각은 버리라'라고 말하면서 글쓰기에 도전할 용기를 준다.

작가는 이 책에서 자신이 직접 글을 쓰면서 경험하고 공부했던 내용을 친절하게 알려주고 있다.

1부 글쓰기의 기초에서 첫 소제목은 〈지금 바로 글쓰기를 시작하세요〉이다. 수영을 배우려면 직접 물에 들어가서 첨벙거리며 물과 친해져야 한다. 글을 잘 쓰려면 잘 쓸 수 있게 될 때까지 글쓰기에 대한 이론만 공부한다고 해서 글을 잘 쓰는 것은 아니다. 직접 글을 쓰면서 글쓰기 실력이 붙는다. 마치 날마다 물속에 첨벙 들어가 연습하면서 수영을 잘하게 되듯이, 피아노 이론을 배우고 날마다 피아노를 실제로 치면서 꾸준히 연습할 때 어느 날 자기도 모르게 피아노를 멋지게 치게 되듯이.

그러나 글을 막상 쓰려고 하면 무엇을 어떻게 써야 할지 모를 때가 많다. 그럴 때 기록문을 쓰기 시작하면 글쓰기 연습과 훈련이 된다. 날마다 일어났던 일이나 신문 기사에서 읽거나 책에서 읽었던 내용을 정리하면서 기록하는 연습을 하면 좋은 글쓰기 연습이 된다. 글쓰기 강사들이 글쓰기를 배우는 이들에게 프리 라이팅(free wrighting)을 해보도록 말한다. 말 그대로 어떤 일정한 주제나 논리적인 연관 관계없이 생각이 떠오르는 대로 자유롭게 쓰는 것을 말한다. 하루에 10분이나 20분 정도 자유롭게 마음에 있는 생각이나 머리에 떠오르는 생각을 기록해보는 것이다. 자신이 겪은 체험이나 깨달은 일, 느낀 감정 등 일상에서 겪는 일들을 기록하는 연습을 하다 보면 글쓰기에 대한 두려움이 없어지고 글을 쓰는데 친근하게 될 것이다.

두 번째 제목은 〈글을 쓰는 이유가 무엇일까요?〉이다. 글을 쓰는 이유를 잘 알지 못한다면 글을 계속 쓰는 일에 큰 의미를 찾을 수 없고 중간에 글쓰기가 힘들다는 생각이 들 때 중간에 포기하기가 쉽다. 우리가 일기나 편지, 생활 속에서 깨닫는 삶의 이치나 느낌, 깨달음 등을 글로 쓰는 이유가 무엇일까? 저자는 이 글에서 우리가 글을 쓸 때 내 생각과 감정을 더 잘 알 수 있고, 나를 잘 이해할 수 있다고 말한다. 내가 글로 쓰지 않을 때, 나의 머릿속에 지나가는 오만가지 생각이 내 생각으로 정리되지 못하고 지나가는 생각으로 그치게 된다. 글쓰기를 통해 비로소 내 생각이 정리되고 성장하는 것을 체험하게 된다. 그래서 글쓰기란 내 안에 있는 나를 만나 대화하며 나를 찾아가고 발견하는 작업이라고도 할 수 있다.

글쓰기를 통해 자기 자신을 발견하고 자기의 생각이나 감정을 표현할 수 있을 뿐 아니라 다른 사람과 소통할 수 있는 좋은 도구가 된다. 자기표현과 자기 치료의 역할을 하는 글쓰기를 통해 참다운 자아를 발견하고 자기를 성찰할 수 있다. 위인들이 남긴 일기나 편지로 당대 사람들뿐만 아니라 후대에서도 그 글을 읽는 이들에게 글 쓴 사람의 생각이나 감정을 남기고 전달할 수 있는 정신 유산이 된다. 조선 후기 실학자였던 다산 정약용(1762~1836)은 당시 역적으로 몰려 18년 동안 전남 강진에서 유배 생활을 하여서 그의 두 아들을 곁에서 가르칠 수 없었으나 그가 쓴 편지로 그들과 소통

할 수 있었고, 〈목민심서〉〈경세유표〉를 비롯한 그가 남긴 500여 권의 책으로 지금까지 그의 학문과 지식으로 후세를 가르치고 있지 않은가.

〈글쓰기 모임을 만들어요〉 라는 소제목 글에서 작가는 꾸준한 글쓰기를 하려면 작은 글쓰기 모임을 만들어 서로의 글을 읽고 피드백을 주면서 서로 배우고 성장하도록 권한다. 단 한 사람이라도 글쓰기 친구가 있다면 서로의 글을 읽어주고 부족한 점은 지적해주고 잘 쓴 글은 칭찬하며 작가의 길을 꾸준히 걸어갈 수 있다.

날마다 십 분씩이라도 글을 쓰는 사람과 전혀 쓰지 않는 사람, 한 달에 한 편의 글이라도 꾸준히 쓰는 사람과 전혀 쓰지 않는 사람의 삶은 3년 후, 10년 후 인생 전체가 달라질 수밖에 없다. 글은 사람을 치유하며 자신을 성찰하게 만들고, 성찰하며 사는 삶은 그렇지 않은 삶과 다를 수밖에 없지 않겠는가. 글쓰기는 생각을 정리하고 논리적으로 쓰기 위해 머리를 쓰며 생각하는 운동이며, 실제로 손과 손가락을 움직이는 운동이기에 치매 방지에도 좋은 최상의 운동이다. 무엇보다 인간만이 다른 동물이나 식물과는 구별되게 글로 쓸 수 있는 큰 특권을 받았으니 그 특권을 누리고 나눌 일이다.

(2021년 4월 교포신문)

# K드라마의 매력

올 2월에는 약 2주에 걸쳐 코로나 균을 씻어내리기라도 하듯, 거의 날마다 비가 내려서 라인강변 호우주의보가 내릴 정도였다. 지난 몇 년 동안 겨울에 눈이 내렸던 기억이 없는데 올 초에는 눈도 자주 내렸다. 눈으로 덮인 하얀 세상을 바라보는 마음도 하얗게 되는 날들을 누릴 수 있어서 코로나 때에 지친 마음에 위로가 되었다. 우수가 지나면서 햇볕이 따스하게 비치던 지난 주말에는 '프랑크푸르트 마인강변에 엄청난 인파가 모였다'라고 하면서 한 지인이 사진 몇 장을 카톡으로 보내주었다. 거의 텅 빈 시내나 강변 거리만 보다가 스무 남짓 되어 보이는 사람들이 마인강변을 산책하는 모습을 보고 '엄청난 인파'라고 보낸 글에 웃음이 났다.

토요일에 이어 일요일에도 17도 따뜻한 날씨로 햇볕이 따스하게 비치며 봄기운이 돌았다. 집안에만 있지 말고 밖으로 햇빛 쐬러 나오라고 나를 불러내는 듯하여 대문을 나섰다. 일 년 가까이 코로나로 만남과 이동 제한조치로 집에만 있는 날이 많아지면서 늘어난 것은 산책 시간이었다. 내가 이름 붙여준 코로나 산책길! 동네 근처를 두어 바퀴 돌거나 좀 멀리 떨어진 들판과 언덕길을 돌아오는 산책길이다. 그날도 햇살의 호위를 받으며 조용한 동네를 걷고 있었다.

산책길에 새로 단장한 집을 볼 수 있었는데 부부인 듯한 두 사람이 그 집 앞에 서 있었다. 지나가는 길목이라 그들에게 말을 걸었다. 그들 집이 예쁘다고 말하는 내게 그 부인은 한국에서 왔냐고 물었다. 처음 만나는 사람에게 건네는 질문으로 한국에서 왔냐고 묻는 경우가 드물어서 속으로 잠시 놀랐다. 한국인이라고 대답했더니, 한국 드라마를 아주 좋아하여 날마다 한국 드라마를 시청한다고 말하는 것이 아닌가! 호기심에 요즘 무슨 드라마를 보고 있냐고 그녀에게 물었다. 내가 알지 못하는 제목의 드라마를 말하기에 잘 모른다고 하였더니 또 〈my country 나의 조국〉이라는 제목도 말해주었다. 얼마 전, 남편이 흥미진진한 고려와 조선 시대 역사 이야기를 보며 제목이 '나의 조국'이라고 말하던 것이 기억나서 "아, 그 드라마는 알아요." 하고 말하였더니 그 부인이 "한국 드라마를 아주 좋아해요. 특히 역사 드라마를 좋아해요."라고 말하였다. 혹시 그러면 〈embracing moon 해를 품은 달〉도 보았냐고 물었더니, 벌써 보았다고 대답하는 부인 옆에서 그녀의 남편이 한몫 거들면서 키가 작은 아역 배우들이 연기를 잘하였다고 말하였다.

우리는 같은 드라마를 보았다는 공통분모 속에 처음 만남에도 즐겁게 마스크 없이도 거리 두기를 하면서 대화를 나눌 수 있었다.

그들과 길거리에서 짧은 대화를 마치고 집으로 돌아오는 길에 독일인들도 날마다 시청하도록 만드는 한국 K드라마의 매력이 무엇일까 생각해보았다. 그러면서 외국인들이 날마다 시청하고 있다는 그 드라마를 만드는 작가들과 감독 및 연출가들의 책임이 큰 것을 느꼈다. 세계인이 보는 드라마라면, 더욱 작품성이 있는 좋은 드라마, 감동적인 드라마를 만들어야 하는 책임감이 필요하다.

내가 처음으로 보았던 한국 드라마는 2004년도에 방영되었던 한류 드라마의 원조라고 할 수 있는 〈대장금〉이다. 당시 흥미진진하게 이 드라마를 시청하였고, 올 초에 코로나로 집에 있으면서 인상 깊게 시청하였던 〈미스터 선샤인〉, 〈해치〉 등도 역사 드라마였다. 이 작품들은 실제 역사에서 일어났던 사건이나 사실을 재구성하거나 허구를 첨가하고 상상력을 가미하여 만든 작품들이다. 긴장감 넘치는 선과 악의 대결, 느리지 않고 긴박한 짜임새, 연기자들의 뛰어난 표정 연기와 액션 연기력, 감독과 연출가들의 작품 구성력 등이 시청자들의 마음을 사로잡고 계속 시청하게 만드는 비결일 것이다.

한 미국인이 그의 트위터에 '미국에 머무를 주한 미군들은 꼭 〈미스터 선샤인〉을 시청하여야 한국을 이해할 수 있다.'라고 써서 화제가 된 적이 있었다. 조선 시대 양반과 상민, 노비 제도의 계급 사회에서 노비의 아들로 태어난 주인공이 부모를 잃고, 미국인 선교사를 따라 미국에 가서 교육을 받고 미 해병대 군인으로 한국에 돌아와 일어나는 일을 다룬 내용이다. 양반가의 딸로 태어났지만, 의용군이었던 부모를 일찍이 여윈 여주인공을 도와서 함께 조선의 독립을 지켜내는 이야기이다. 이 드라마를 보면, 현재 우리나라가 있기까지 외세의 주권 침해와 압박 가운데 나라를 지켜내기 위해 무수한 이름 없는 독립군, 의용군들이 수많은 고초를 당하고 피 흘린 희생의 터 위에 우리가 자주독립의 나라에서 살고 있음을 깨닫고 그들의 투쟁과 희생에 감사하는 마음을 갖게 된다.

〈해치〉는 조선 시대 경종(1688~1724) 시대의 이야기로 당시 세자들과 군신들의 당파 싸움 가운데 혼란스러웠던 정국을 배경으로 하고 있다. '해치'는 시비와 선악을 판단하여 안다는 전설 속의 동물 '해태'의 다른 말이다. 이 동물은 화재나 재앙을 물리친다고 하여서 중국이나 한국 등 왕좌가 있는 궁으로 올라가는 계단 좌우에 볼 수 있다. 이 드라마에는 불의의 세력, 악의 세력과 끝까지 싸우는 세제 연잉군과 그의 벗들인 암행어사 박문수를 비롯한 역사 속의 인물들이 나온다. 연잉군은 후사가 없는 경종의 아우로 입양되어 세제가 되어 경종의 뒤를 이어 영조가 된다. 영조(1694~1776)는 당파를 초월하여 인재를 등용한 탕평책을 써서 정치를 안정되게 만들고 문화가 꽃피도록 만든 조선의 왕 중에서 가장 오랫동안 50년 이상을 통치하였던 왕이다.

K드라마의 매력으로 한국 배우들의 표정 연기가 뛰어나다고 한다. 실제보다 더 실제처럼 우는 연기, 통곡하는 연기, 기쁨과 분노를 표현하는 표정 연기, 공포나 두려움에 떠는 표정 연기 등이 뛰어나다고 한다. 대사 한마디 없이도 표정만 가지고 분위기를 압도하는 연기력이 뛰어나다는 말일 것이다. 사건이나 액션, 대사 중심으로 진행되는 미국 드라마나 다른 나라 드라마보다 미세한 감정의 움직임을 표정으로 연기하며 드라마에 몰입시키는 연기력은 한국 K드라마에서 볼 수 있는 매력이다. 코로나로 극장에 가지 못하니 세계인들이 넷플릭스로 모이고 있다. 단연 한국 드라마와 한국 영화가 넷플릭스를 점령하고 있다. 더 좋은 작품과 연기, 연출력으로 세계인들에게 K드라마의 진수를 보여줄 수 있길 바라는 마음이다.

# 보헤미안 랩소디

미국 로스앤젤레스에서 열린 골든 글로브 시상식에서 영화 〈보헤미안 랩소디〉가 드라마 부문 작품상을 받았고 주인공 라미 멜렉이 영예의 남우주연상을 받았다. 이 영화는 1971년에 결성되어 20여 년 동안 불후의 곡들을 남긴 세계적인 록 밴드 퀸(Queen)의 가수 프레디 머큐리의 삶과 그의 친구들의 이야기이다. 〈보헤미안 랩소디〉〈we will rock you〉 등의 히트곡들이 어떻게 탄생하였는지도 보여준다.

프레디의 사후 27주기를 맞아 영국을 비롯한 한국과 독일 등에서 개봉된 이 영화 제작을 위해 아직 생존해있는 퀸 밴드의 멤버였던 기타리스트 브라이언 메이와 드럼 연주자 로저 테일러가 당시 그들이 입었던 실제 의상도 빌려주면서 이 영화제작에 함께 하였다고 한다. 놀라운 것은 퀸의 네 멤버와 각각 너무 닮은 배우들이 배역을 맡아 마치 퀸 밴드가 다시 살아난 것 같은 생생한 느낌을 준 것이다. 거의 완벽하게 프레디를 스크린에 재현한 이집트계 미국인 배우 라미 멜렉과 세 친구 역을 맡은 배우들의 실감 나는 멋진 연기, 그리고 당시 퀸 밴드의 실제 녹음 장소나 윔블리 스타디움 등 가장 실제와 가까운 무대를 만들고, 퀸 멤버들의 연주를 재현하기 위해 가수나 음악가가 아닌 배우들이 세계적인 록 밴드 노래와 연주를 연기하기 위해 제작진들과 함께 땀과 열정을 다 쏟아 만든 이 영화는 '드라마 작품상'이라는 영예를 얻었다.

독일 국가대표축구팀이 월드컵 결승전에서 이기면 곧잘 부르던 노래가 〈we are the champions〉이었다. 어느 나라 누가 작곡한 곡인지 몰랐는데 이 영화를 보면서 프레디 머큐리가 작곡한 곡인 것을 알게 되었다. 영화 제목이 된 〈보헤미안 랩소디〉는 퀸을 세계적인 밴드로 승격시켜준 히트곡이다. 프레디가 록 음악에 그가 평소에 좋아하던 오페라 형식을 접목하여 독특하고 파격적으로 만든 곡으로 약 6분이나 걸리는 곡이다. 3분 이상 연주되는 곡은 라디오나 방송사에서 지루해서 받아주지 않을 것이라는 음반사의 예상을 뒤엎고 영국 역사상 처음으로 9주 이상 인기 수위 연속 1위를 차지하며 돌풍을 일으켰다고 한다.

'랩소디'는 서사적이거나 민족적인 색채를 많이 띠고 있는, 형식과 내용이 자유로운 환상적인 기악곡을 말한다. '보헤미안'이라는 말은 본래 체코의 보헤미안 지방에 유랑 민족들이 많이 살아서 프랑스인들이 집시를 일컬을 때 사용한 말인데 19세기에 들어서서

'관습에 얽매이지 않고 자유분방한 예술가나 문학가, 지식인'을 뜻하는 말로 쓰이기 시작하였다.

영화에서 첫 장면과 마지막 장면은 퀸이 1985년 7월, 영국 윔블리 스타디움에서 가졌던 라이브 에이드(Live Aid) 공연을 보여주고 있다. 이 공연은 당시 아프리카의 기아 난민들을 돕기 위해 영국뿐만 아니라 미국, 독일 등에서 같은 날, 동시에 개최되었는데 퀸 밴드뿐 아니라 다른 가수들과 밴드들도 참여하였다. 역사상 최대규모의 록 페스티벌이며 최초로 텔레비전 위성 중계로 세계 150여 개국 19억 명이 이 공연을 시청하였다고 한다. 무대 위에서 열창하는 프레디와 퀸의 밴드 음악에 맞추어 함께 노래 부르고 환호하는 청중들. 약 20분에 걸쳐 온 열정을 쏟아내며 〈보헤미안 랩소디〉 〈Love of my life〉〈somebody to love〉 등 22곡을 부른 프레디의 열연은 이 영화의 압권이다. 피아노를 치면서 열창하다가 일어나서 긴 마이크 대를 잡고 무대 위를 종횡무진 움직이며 열연하는 프레디와 세 친구의 록 음악은 윔블리 스타디움에 모인 약 7만 2천 명 청중을 열광시켰다. 화면에 가득 찬 수 만 명의 관중이 손을 흔들며 환호하는 모습은 장관이었다.

영화 대사 중 프레디의 인상적인 말이 있다. "나는 스타가 되지 않고 전설이 될 거야." 그의 말대로 프레디는 자신이 살고 활동하던 시대에만 빛나던 스타가 아니라 세상을 떠난 지 30년이 다 되어도 세계를 열광시키는 전설적인 인물이 되었다. 젊은이들과 나이 든 세대를 모두 아우르는 팬들을 가진 록 가수로 지금까지 그의 노래와 함께 살아있다. 그는 부모님을 따라 인도에서 영국에 이민 와서 살았지만, 인도인이나 영국인이 아니다. 지금의 동아프리카 탄자니아 동쪽 해안의 잔지바르(Zanzibar)라는 섬에서 태어났는데 그의 아버지는 페르시아계 인도인으로 알려져 있다. 영국인도 아니고 미국인도 아닌 그가 록 음악으로 세계의 중심 무대에 우뚝 섰다. 세상의 주목을 받지 못하던 주변인, 다수로부터 소외되는 소수 자로서 겪었던 고통과 아픔, 외로움, 그리고 성 소수자로 철저하게 세상으로부터 조롱받고 단절된다는 두려움을 그의 음악 인생의 토양으로 삼아 위로와 용기, 도전 정신이 녹아든 음악을 만들어냈기에 세계인들이 그에게 열광하는 것이 아닐까.

겉으로 보기에 그는 소외자로 태어나고 자랐지만, 오히려 어느 나라나 민족성에 자신을 가두지 않고 자신이 좋아하고 잘하는 자신의 재능을 꽃피우기 위해 자유분방한 방랑자, 보헤미안과 같은 삶을 살았다. 퀸의 음악은 그래서 창의성, 실험 정신으로 만들어졌고 젊은이들의 열정과 자유를 대변하는 불후의 명곡들을 남겼다.

1991년 11월 24일, 세상에 에이즈 병에 대한 투쟁을 호소한 다음 날, 만 45살의 나이로 프레디는 세상을 떠났다. 가수로서, 작사자(song writer)로서 화려한 무대 퍼포먼스를 펼치는 록 밴드 가수로 자신이 가진 모든 에너지를 록 음악에 쏟아붓고 무대에서 아낌없이 그 에너지를 분출하였던 프레디의 자유로운 보헤미안적인 삶이 그를 전설적인 인물로 만들었다.

그는 퀸 밴드 음악에 맞추어 〈we are the champions〉를 온 힘을 다해 부르며 공연의 마지막을 장식하였다.

"We are the champions of the world, Keep on fighting till the end. …"

세계의 챔피언이라는 자부심과 자신감 그리고 고통과 두려움 앞에서 절망하거나 포기하지 않고 끝까지 투쟁할 것이라는 용기와 각오가 그를 챔피언으로 만든 것이 아닐까? 그는 영화에서 "내가 누구인지는 내가 결정한다."고 하며 그의 정체성을 남이 아닌 자신이 만들어갔다. 자신을 둘러싼 환경, 남의 시선이나 평가에 좌우되지 않고 심지어 자신의 명예와 삶에 치명적인 에이즈 병으로 투병하면서도 마지막까지 세계의 챔피언, 전설적인 록 가수로 자신의 정체성을 세워갔던 프레디와 퀸의 음악에 세계는 다시 열광하고 있다.

힘들고 어려운 세파의 고비를 헤치고 한해의 마지막을 장식하고 새해를 맞이한 우리 모두에게 'we are the champions of the world'라고 서로 위로하고 격려하며 'keep on fighting till the end'의 끝까지 투쟁하는 정신, 새롭게 실험정신으로 도전하는 각오로 새해를 설계해보아야겠다. 한 번뿐인 우리의 삶에서 어떻게 챔피언이 될 것인가? 어떻게 전설이 될 수 있는 삶을 살 것인가 생각해보게 만드는 영화이다.

(2019년 1월 교포신문)

# 영화 〈미나리〉

독일에 살면서 영화를 보기 위해 극장에 간 적은 드물었다. 직장
생활이나 세 자녀를 키우며 살기 바빠서인 이유도 있었지만, 독일
에서는 한국만큼 재미있는 영화가 별로 없어서 굳이 영화관에 가
지 않고 가끔 TV에서 방영해주는 오래된 영화를 보는 정도였다.
일 년에 한 번이나 두 번 영화관에 가는 해는 그래도 문화생활을
했다고 생각하며 살았다. 독일에 사는 동안, 한국 영화가 극장에서
상영된 적이 두 번 정도 있었다고 기억한다. 시내에 나갔다가 김기
덕 감독의 〈봄 여름 가을 겨울 그리고 봄〉 포스터가 독일 극장 게
시판에 붙어있는 것을 보고 다소 낯설게 여겨졌던 때가 2003년경
이었다. 독일에 살면서 처음 보는 한국 영화였기에 생소함을 느꼈
다. 호기심에 영화를 보았는데 영화 줄거리는 잘 기억나지 않는데
산속에 절이 나오고 자연환경이 아름다웠다는 느낌만 남아 있다.
그 이듬해 김 감독의 영화 〈사마리아〉가 베를린 국제 영화제 감독

상을 받았다는 뉴스를 들었다.

그 후 약 15년이 지나서 시내를 지나가다가 검은 안대로 눈을 가린 한국인들이 2층집 정원에 서 있는 사진이 나온 특이한 영화 포스터가 시내 극장가에 붙은 것을 보았다. 오랜만에 한국 영화가 독일에 들어왔나 싶어서 놓칠세라 남편과 함께 영화 〈기생충〉을 보러 갔다. 시내에 있는 그리 크지 않은 영화관이었는데 독일인 관객이 대부분이었고 한국인은 우리 부부뿐인 듯했다. 한국어로 대사가 나오고 독일어로 자막이 적힌 영화였는데 몇 군데 장면과 대사에 여러 독일 관객이 소리 내서 웃는 것을 들으며 한국 문화와 독일 문화의 장벽이 허물어진 듯하였다. 한국 영화배우들의 연기와 대사가 독일인들에게 공감을 주어 웃게 만든다는 것이 신기하게 느껴졌다.

2020년 봉준호 감독이 영화 〈기생충〉으로 아카데미 감독상을 받는 장면을 TV 중계로 시청하면서 감개무량하였다. 미국 할리우드 돌비극장에서 진행된 아카데미 시상식장에 모여 있는 유명한 감독들과 영화배우들 앞에서 봉 감독이 오스카상을 받는 장면을 지켜보았다. 그가 수상 소감을 발표하면서 감독상 후보에 올랐던 몇몇 거장 감독들에게 오스카상 트로피를 톱으로 잘라서 그들과 함께 나누고 싶다고 말하였을 때, 그 시상식에 참석한 영화배우들과 감독들은 우레와 같은 박수를 보냈다. 영화계의 대선배이며 거장 감독들에 대한 겸손과 존경의 마음이 담긴 그의 말에 나를 포함

한 많은 사람이 감동하였다.

올 4월 25일, 지난해에 이어 한국인 정이삭 감독이 만든 영화 〈미나리〉에서 할머니 역을 맡았던 윤여정 배우가 아카데미 여우조연상을 받으면서 한국 102년 영화사에 첫 아카데미 연기상을 받는 쾌거를 이루었다. 50여 년 연기 인생의 만 74세 배우의 오스카상 수상 소식은 코로나로 지친 국민들과 세계인들에게 기쁨과 새 희망을 불어넣어 주었다. 그녀는 한국 최초의 오스카상 수상 배우라는 기록을 세웠고, 아시아에서는 1953년 이후 68년 만에 아시아인으로서 두 번째로 오스카상 수상 배우가 되었다. 그녀의 수상 소감을 묻는 기자들에게 그녀는 "혼자 두 아들을 키워야 하는 절실함이 연기를 하도록 도와주었고, 나이가 들어 대사를 외우기가 힘들었지만 다른 사람에게 민폐를 끼치지 않기 위해 대사를 성경처럼 열심히 외우고 노력해왔다."라는 소감을 말하였다. '절실함과 노력과 연습'은 영화뿐만 아니라 모든 학문이나 예술 영역에서도 정상에 이르기 위해 필요한 덕목이다.

아직 이 영화가 오스카상을 받기 이전에 한 친구가 내게 이 영화를 보내주어 스마트폰으로 감상하였다. 한국인 이민 가족이 척박한 미국 땅에 뿌리내리기 위해 겪는 고생이 잘 그려져 있었다. 어린 자녀에게 아버지가 뭔가를 이루어내는 것을 보여주려고 하는 최선을 다하는 남편과 자녀를 더 고생시킬 수 없다고 하는 아내와의 갈등과 대립, 사위와 딸이 생존을 위해 병아리 감별사로 맞벌이

일을 해야 하는 동안에 어린 두 손주를 돌보아주기 위해 외할머니가 한국에서 미국으로 와서 손자에게 각별한 사랑을 보여주는 가족애. 고생에 고생을 거듭하여 농장을 일구고 사업망을 넓히려는 순간, 할머니의 실수로 애써 경작한 농작물 창고가 불에 타서 허물어지는 장면에 영화를 보고 있던 나도 가슴이 허물어지는 듯하였다. 어쩔 거나. 어떻게 일어날 것인가. 그러나 가족은 좌절 가운데 다시 일어나고 새롭게 도전한다. 가족의 힘이 무엇인지 보여주는 따뜻함, 미나리처럼 끈질기게 자라나는 이민 1세대의 강한 적응력이 돋보였다.

아직 코로나 방역 조치로 영화관이 문을 닫고 있지만, 백신 접종으로 집단 면역이 되어 독일에서 영화가 상영되면 남편과 딸과 함께 〈미나리〉를 보러 가야겠다. 한인 1세대의 눈물과 고통의 땀방울이 뿌려진 미국의 너른 아소나 농장과 원더풀 미나리를 보러….

〈미나리〉가 오스카상을 받게 된 한국인 이민자들에 대한 영화라고 말해주니, 독일에서 태어나 자란 딸이 〈미나리〉가 사람 이름이냐고 물었다. 〈미나리〉 영화를 보고 나서 미나리가 단순한 한국 채소 중 하나가 아니라 미국이나 독일 등 외국 땅에서 강인한 생명력으로 삶의 뿌리를 내린 한인 이주민 1세대들을 상징한다는 것을 딸이 이해했으면 좋겠다.

독일에도 앞으로 한인 2세나 3세 감독, 배우, 시나리오 작가들이 나와서 독일과 유럽 각국에서 미나리와 같은 삶을 살았던 조부모나 부모 세대 이야기를 해줄 날이 오지 않을까? 광부와 간호사, 또는 목사, 선교사로 독일에 와서 30년, 50년이 넘도록 미나리와 같이 강인한 삶의 뿌리를 내리며 자녀들을 위해 희생한 부모들의 삶을 영상화하여 역사화 시킬 날이….

(2021년 4월)

# 미 대통령 취임식을 빛낸 예술 무대

올 1월 20일, 제46대 미 대통령으로 당선된 존 바이든 대통령 취임식이 미국 워싱턴 국회의사당에서 열렸다. 취임식 2주 전에 의사당 앞에서 테러단들이 의회를 침입한 사건으로 미국 국민과 세계를 놀라게 하였던 후여서 세계의 이목이 쏠렸다. 대학생 딸아이도 미 대통령 취임식이 테러나 아무 사고 없이 잘 이루어지도록 기도해야 한다고 우리 부부에게 말하였다.

1월 20일 수요일, 독일 시각으로 오후 5시 20분경, 텔레비전으로 중계되는 미 대통령 취임식을 지켜보았다. 만일 테러 사건이 아니었으면 그냥 지나칠지도 몰랐던 취임식이었다. 미국 워싱턴에서 실시간으로 진행되는 대통령 취임식을 시청하기는 처음이었다. 취임식이 시작되기 전, 참석자들이 자동차로 취임식장에 한 대 두 대 몰려오는 장면에 이어서 전임 대통령들인 부시, 빌 클린턴, 오바마 부부 등이 귀빈석에 앉아있는 모습도 눈에 들어왔다.

사회자는 오렌지색 계통의 밝은 외투를 입고 웃음 띤 얼굴로 취임식 순서를 진행하여서 자칫 딱딱하기 쉬운 취임식 분위기를 부드럽게 해주었다. 미국과 새 대통령을 축복해주시도록 기도하는 한 흑인 목사의 기도 후에 카멀라 해리스(Kamala Harris) 부통령의 선서식이 따랐다. 미국 역사상 첫 여성 부통령이자 첫 흑인 부통령, 첫 아시아계 부통령이 탄생하는 순간이었다. 그녀의 아버지는 자메이카, 어머니는 인도인이다.

그녀와 힐러리를 비롯한 전임 영부인들이 모두 보라색 색상의 정장을 하고 나와서 눈에 띄었는데 이들은 취임식 이전에 복장 색상에 대하여 서로 합의를 보았다고 한다. 민주당 상징의 파란색과 공화당 상징의 빨간색을 합치면 보라색이 되기 때문에 통합의 상징으로 보라색 정장을 입었다고 한다. '하나의 미국' '통합된 미국'을 강조한 조 바이든 신임 대통령의 의지를 잘 반영해준 셈이다.

드디어 조 바이든 대통령이 그의 집안 대대로 내려오는 매우 크고 두꺼운 낡은 성경 위에 손을 얹고 대통령 선서를 하는 순서가 되었다. 성경 앞표지에는 십자가 표시가 크게 새겨져 있었다. 드디어 미 46대 새 대통령이 미국과 세계의 새 무대에 등장하는 순간이었다. 대통령 선서 후 참석자들의 큰 축하 박수가 터졌고 그들의 얼굴에는 기쁨과 웃음이 넘쳤다. 선서 후에 이어진 축하 순서로 세계적인 팝가수 레이디 가가가 등장하였다. 그녀는 검정 윗옷에 평화의 상징인 눈에 띄는 금빛 비둘기 장식을 달고 미국 국가인 〈성

조기, 별이 빛나는 깃발〉을 열창하였다. 미국의 가수이며 배우인 제니퍼 로페즈는 〈아름다운 미국〉〈이 땅은 여러분의 땅〉을 불러서 화합을 노래하였다. 다음 순서로 공화당원이면서 미국 대표적인 컨트리 가수인 브룩스가 〈어메이징 그레이스〉를 불렀다.

이 취임식에서 미국이 청교도들이 세운 기독교 나라인 것을 잘 보여주었다. 흑인 목사의 열정적인 기도에 참석자들이 모두 함께 고개 숙여 기도하였다. 새 대통령은 성경 위에 손을 얹고 하나님 앞에서 엄숙히 선서하였다. 대통령 선서가 끝나자 참석자들의 기쁨에 찬 큰 박수가 쏟아졌다. 다음 순서로 조 바이든 대통령의 연설이 이어졌다. 길어야 15분 정도 걸릴 줄 알았더니 만 78세의 대통령은 약 25분에 걸쳐 '미국의 통합을 위해 자신의 영혼을 바치겠다'는 주제로 미국과 세계를 향하여 연설하였다. 미 상원의원 33년, 오바마 대통령 때 부통령을 8년 동안 하면서 약 40년 넘게 쌓인 정치 연륜과 애국심이 돋보이는 연설이었다. 이 연설 후에 '미국의 위대한 시인'으로 소개되면서 젊고 앳된 흑인 여성 아만다 고먼(Amanda Gorman)이 두꺼운 빨간색 머리띠를 두르고, 밝은 노란색 외투를 입고 마이크 앞에 섰다.

그녀는 낭랑하고 똑똑한 음성으로 의회 침입 테러가 일어났던 날 밤에 썼다는 〈우리가 오르는 언덕(The Hill We Climb)〉를 낭송하였다. 로스앤젤레스에서 홀어머니와 살면서 대통령의 꿈을 키워왔다는 당찬 자기소개도 들어있었다. 젊은 여성이 어떻게 미국의 위대한 시인으로 소개되었을까 궁금하였는데 그녀는 이미 16살 때 그녀가 쓴 시로 상을 받았고, 2017년에는 미국 국립 청년 시 대회에서 청년 계관 시인으로 상을 받았다는 것을 알게 되었다. 특별히 인종차별, 여성 문제에 관심이 많은 하버드 대학생인 그녀를 질 바이든 여사가 주목하여 보았고, 취임식에서 시를 낭송하도록 초대하였다고 한다.

아만다 고먼은 두 팔과 두 손으로도 시를 표현하듯이 두 손과 열 개의 손가락을 부드럽고 자유롭게 움직이며 약 5분 30초에 걸쳐 시를 낭송하였다. '빛을 보고자 하는 자들은 빛을 볼 수 있고, 빛이 되려고 하는 자는 빛이 될 수 있다'라는 희망을 심었다. 미국인들이 과거의 상처를 치료하고 다시 하나 되는 화합과 희망의 메시지를 전하였다. 바이든 대통령의 '통합'에 대한 의지와 뜻을 서정적인 운율의 힘과 시의 내용으로 뒷받침해주었다.

취임식 다음 날, 이 젊은 시인의 이름은 '미 대통령 취임식의 진정한 스타'는 제목으로 세계에 떠돌아다녔다. 이틀 후에는 독일 유력 일간지 프랑크푸르터 알게마이네 차이퉁 문화면에 '서정시로 세계 무대에 진출하다'라는 제목의 기사 위에 고먼이 시를 낭송하는 DPA 사진이 크게 실려 있었다. 기자들은 각 신문에 고먼이 '대통령 취임식 쇼를 훔쳤다'라는 표현으로 그녀가 대통령 취임식을 빛나게 해준 시인임을 일제히 알렸다.

그녀는 축시에서뿐만 아니라 그녀의 손에 낀 반지로도 메시지를 전하였다. 그녀의 오른손 가운뎃손가락에는 새장 문양의 반지가 끼워져 있었는데 오프라 윈프리가 그녀에게 선물해준 반지라고 한다. 오프라 윈프리는 마야 안젤루(Maya Angelou 1928~2014)의 자서전 『새장에 갇힌 새가 왜 노래하는지 나는 아네』라는 제목에서 따온 새장 장식이 있는 반지를 그녀에게 선물하였다고 한다. 마야 안젤루는 인종 차별, 여성 차별에 대항하여 싸웠던 인권운동가이자 흑인 여성 작가이다. 그녀는 1993년 빌 클린턴이 대통령 취임식 때 '아침의 맥박'이라는 제목의 자작시를 낭독하였다. 케네디 대통령 때 시를 낭송하였던 로버트 프로스트(Robert Frost) 후 두 번째로 대통령 취임식에서 시를 낭송한 시인이며, 첫 번째 흑인 여성 시인이다. 마야에 이어 고먼이 미국의 인종차별, 여성 차별에 대항하여 미국과 세계에 메시지를 전한 것이다. 그녀의 시 낭송을 통하여 시 한 편이 그 나라의 국민과 세계인들에게 끼치는 큰 영향력을 볼 수 있었다.

이번 취임식에서 여성들과 예술가들의 활약이 눈에 띄었다. 미소 짓는 여성 사회자, 22살 젊은 시인과 팝가수, 영화배우 등이 축하 무대에 올랐다. 그리고 흑인 목사와 흑인 여성 시인, 라틴계 미국인으로서 가수이며 배우인 제니퍼 로페즈, 민주당 출신 대통령 취임식에 공화당원 가수인 브룩스 등이 참석하여 인종과 성별과 나이, 정파를 아우르는 통합과 화합의 예술을 보여주었다. 특히 아만다 고먼의 등장은 이십 대 초반의 젊은 여성, 흑인도 미 대통령 취임식 무대에 오를 수 있는 가능성의 나라, 통합의 나라라는 것을 보여주었다.

미국이 다시 400년 전 그들 조상의 청교도 정신으로 돌아가 심각한 인종 차별, 여성 차별 등 분열과 갈등을 겪고 있는 세상에 희망의 빛을 비추고 모든 이들이 함께 '빛의 언덕'으로 오를 수 있길 바란다.

# 희망과 평화의 물결, Wien 신년음악회

오스트리아 빈(Wien) 필하모니 신년음악회 80년 역사상 처음으로 관중 없는 음악회가 열렸다. 빈 음악협회(Musikverein)의 황금홀에는 단원들이 무대 위에서 마스크 없이 옆에 나란히 붙어 앉았다. 만일 그들이 마스크를 쓰고 1.5m 거리 두기를 지키면서 띄엄띄엄 앉아 연주하였더라면, 그들의 음악이 청중에게 큰 감동과 평화를 주지 못하지 않았을까 싶었다. 시청자들은 내내 코로나를 의식하며 편치 않은 마음으로 음악을 들어야 했을 것이므로…. 유럽에서도 코로나로 방역 조치가 강화된 가운데 마스크 의무화가 시행되고, 음악회나 오페라 등이 열리지 않았는데 웬일일까 했더니 단원들은 날마다 코로나 테스트를 받고 연습하였다고 한다.

매년 지휘자를 초빙하여 신년음악회를 여는데 이번 지휘자는 이탈리아의 거장 리카르도 무티(Riccardo Muti)였다. 그는 현재 미국 시카고 음악 감독으로서 1971년에 빈 필하모니 오케스트라와 처음 인연을 맺었다. 이후 50년 동안 여섯 번이나 빈 신년음악회를 맡게 되어 현재 살아있는 지휘자 중에서 최고 기록을 세웠다. 그는 음악회에서 시청자들을 향하여 '희망과 우정과 평화를 위해 연주하는 것이 음악의 사명이다.'라고 말하였다. 가족이나 친구끼리도 서로 마음 편하게 만나 대화할 수 없을 만큼 바이러스로 두려운 세상이고 삭막한 세상이라 할지라도 음악은 그럴수록 더욱 희망과 평화를 나누어주는 사명이 있음을 일깨워주었다.

본래 1939년 12월 말에 시작되었다가 1941년부터 새해 첫날에 시작된 빈 필하모니 오케스트라 신년 음악회는 이제 92개국 이상 약 5천만 명이 넘는 음악 애호가들과 시청자들을 팬으로 얻었다. 이번 음악회에는 청중 없이 열린 대신에 중국 상해를 비롯한 아시아와 아프리카 케냐까지 음악 애호가들이 줌(zoom)으로 참여하여 함께 새해 축하 신년음악회를 감상하였다. 연주곡이 끝날 때 몇 번 박수 소리가 들려서 단원들이 직접 발로 무대 바닥을 구르는 소리인 줄 알았다. 나중에 알고 보니, 음악회가 열린 황금홀에 스피커 20대를 설치하였고, 박수로 참여하고자 하는 시청자 7천 명의 신청을 받아서 그들의 박수 소리를 중계하였다고 한다. 해마다 신년음악회 황금홀을 가득 메운 2천여 명 청중의 우레와 같은 박수를 받았던 단원들이 온라인으로라도 청중의 호응과 격려의 박수를 들을 수 있어서 코로나 위험을 무릅쓰고 음악회를 준비한 그들에게 위안과 격려가 되었으리라.

이 음악회에서 오스트리아 작곡가인 요한 슈트라우스 1세 (Johann Strauss 1804~1849)와 그의 세 아들인 요한 슈트라우스 2세(Johann Strauss 1825~1899), 요셉 슈트라우스와 에두와르트 등 슈트라우스 일가의 작품들과 동시대 작곡가들인 카알 첼러(Carl Zeller 1842~1898), 카렐 콤착(Karel Komzak 1850~1905) 등의 왈츠 곡과 폴카 등 경쾌하고 밝은 곡이 연주되었다.

온 세계가 고통스러운 시간을 보낸 2020년을 뒤로 하고 새해를 여는 첫 곡은 오스트리아 작곡가 주페(Franz von Suppe 1819~1895)의 〈파티니차 행진곡〉(Fatinitza Marsch)이었다. 그의 오페레타 〈파티니차〉에 나오는 행진곡으로서 남자 주인공이 사랑하는 연인의 집에 여장을 하고 하녀로 들어오는데 그 이름이 파티니차이다.

이 행진곡 후에 요한 슈트라우스 2세의 곡이 연주되기 시작하였다. 본래 공학도들을 위한 무도회를 위한 곡으로 작곡된 〈음의 파동〉(Schallwellen)이 연주된 후에 〈니코 폴카〉(Niko Polka)가 이어졌다. 〈니코 폴카〉는 요한 슈트라우스 2세가 1859년 러시아를 여행하는 동안 작곡한 곡이다. 러시아 니콜라우스 영주에게 헌정된 곡으로서 그의 작품 중 가장 러시아적인 색채가 짙은 작품으로 알려져 있다.

다음 곡으로 요셉 슈트라우스가 러시아 연주 여행 중에 우울증을 극복하고 부인에게 걱정하지 말도록 곡을 만들어 보낸 〈근심

걱정 없이〉(Ohne Sorgen)이 연주되었다. 이 곡은 중간에 단원들이
'하하하' 하며 웃는 웃음소리가 들어가는 것이 특징이다. 새해에는
코로나 걱정을 비롯한 여러 근심 걱정에서 벗어났으면 하는 희망
을 담은 곡을 고른 듯하였다.

주페의 〈시인과 농부〉 서곡으로 2부 프로그램이 시작되었다. 본
래 오스트리아 극작가 칼 엘마르(Karl Elmar)가 쓴 희곡 〈시인과
농부〉의 무대 음악의 일부분으로 주페가 작곡하였던 곡이다. 곡이
시작되면서 트럼펫과 트롬본 등 관악기의 웅장함에 이어 바이올
린, 첼로 등 현악기의 감미로운 곡조, 마지막 부분의 빠르고 경쾌
한 서곡이 새해 힘찬 출발을 하도록 응원하는 듯하였다.

두 번째 곡으로 어둡고 추운 기운을 몰아내고 따뜻하고 밝은 봄
을 불러오는 듯한 경쾌한 곡인 요한 슈트라우스 2세의 〈봄의 소
리〉(Frühlingsstimmen)가 연주되었다. 봄이 오는 희망을 심는 이
곡이 연주되는 동안에 환상적인 보라색, 생명력 넘치는 핑크색, 주
황색 등 화려한 색상의 무용복을 입고 발레 무용수들이 나비같이
가볍고 경쾌하게 잔디밭을 누비며 춤을 추는 모습이 인상적이었
다.

그다음에 연주된 〈크라펜 숲에서〉(Im Krapfenwald)는 요한 슈
트라우스 1세가 러시아 여행 중 파블롭스크 숲에서 새소리를 듣고
영감을 받아 작곡한 곡이다. 특별히 숲속 새소리를 내는 특수 악기
가 연주되어 마치 내가 직접 숲속에 들어와 새소리를 듣는 느낌이

들었다.

이어서 요한 슈트라우스 2세가 오스트리아 황제 프란츠 요셉 1세(Franz Joseph 1830~1916)의 즉위 40년을 축하하는 기념 무도회를 위해 작곡하였던 〈황제의 왈츠〉(Kaiser Waltzer)가 연주되었다. 본래 1888년에 작곡된 이 곡은 그 이듬해 베를린에서 초연되었다고 한다.

이 음악회에서 처음으로 연주된 요한 슈트라우스의 동생인 요셉 슈트라우스의 〈마게리타 폴카〉(Margherita Polka)는 이탈리아의 움베르토 왕자와 마게리타 공주의 결혼식을 축하하기 위하여 작곡한 곡이다. 이 곡이 연주되는 동안에 세 명의 발레리나와 한 명의 남자 무용수가 이층 건물 무대를 나비같이 가볍게 오르내리며 자유롭게 춤을 추어 축제 분위기를 북돋워 주었다. 두 번째 앙코르곡으로 요한 슈트라우스 2세의 〈아름답고 푸른 도나우〉(An der schönen blauen Donau)를 연주하였다. 이 곡은 본래 프로이센과의 전쟁에서 패한 오스트리아 국민에게 패전의 우울함을 극복하고 그들에게 용기를 심고 희망을 주기 위해 1866년에 빈 남성 합창단이 당시 작곡가였던 요한 슈트라우스에게 의뢰하였던 곡이라고 한다. 그 이듬해 작곡된 이 곡은 '오스트리아의 제2의 애국가'라고 불릴 만큼 오스트리아 국민에게 사랑받는 곡이 되었다. 전통적으로 빈 신년음악회의 두 번째 앙코르곡으로 연주되며 이 곡을 연주하기 이전에 보통 지휘자들이 청중을 향하여 새해 인사를 하곤 하였다.

꿈꾸듯 조용하게 흐르며 시작되는 곡 〈아름답고 푸른 도나우강〉
이 넘실거리는 강물이 되어 우리 집 거실까지 흘러넘쳤다. 모든 슬
픔과 우울함, 절망감을 몰아내는 듯한 밝고 경쾌하고 자유로운 도
나우강의 물결이 내 안으로도 흘러들었다.

바이러스가 세상을 꼼짝 못 하도록, 집에만 들어앉아 있도록 하
는 세상에서도 희망과 평화를 전하는 사명을 가진 음악의 힘은 막
을 수 없다. 아니 예술의 힘은 막을 수 없다. 음악도 시와 소설,
희곡 작품에서 따온 스토리가 곡으로 만들어진 것이니 문학의 힘
이 바탕이 된다.

요한 슈트라우스 1세가 나폴레옹과의 전쟁 시기의 오스트리아
제국의 장군이었던 라데츠키에게 헌정하였던 〈라데츠키 행진
곡〉(Radetzky~Marsch)이 경쾌하게 연주되면서 2021년 신년음악
회가 막을 내렸다. 마지막 앙코르곡인 〈라데츠키 행진곡〉을 연주
하면서 지휘자가 뒤로 돌아서서 청중을 향하여 지휘하고 청중은
손뼉을 치며 기쁘게 화답하였던 전통적인 장면은 아쉽게도 볼 수
없었다.

'왈츠의 아버지'라고 불리는 요한 슈트라우스 1세와 '왈츠의 황
제'라고 불리는 요한 슈트라우스 2세를 비롯한 슈트라우스 음악가
들과 동시대 음악가들이 작곡하고 연주했던 곡들은 150여 년이 지
나도 오늘날의 우리에게 여전히 새로운 삶의 용기와 희망을 심고
인류가 한 형제임을 알리는 우정을 전하여주었다. 만79세의 지휘

자 리카르도 무티는 이 음악의 사명, 예술의 사명을 이루기 위해 코로나바이러스도, 나이도, 국경도 넘어서서 빈 신년음악회 지휘봉을 들었다. 인류의 희망과 평화를 위하여, 음악의 사명을 이루기 위하여!

2천여 개의 관중석이 비어있는 동안, 화려한 색깔과 아름다운 자태로 황금홀에 장식된 꽃송이들이 황금홀에 150분 동안 울려 퍼진 심금을 울리는 음악의 선율에 흠뻑 취한 듯이 보였다.

지난 일 년 가까이 세상을 점령하며 사람들을 꼼짝 못 하도록 위세를 펼쳤던 코로나도 빈 필하모니 신년음악회의 물결을 멈출 수는 없었다. 아름답고 푸른 도나우강의 희망과 평화의 물결처럼 우리도 고통 받는 이웃들을 위로하고 그들에게 희망을 심고 용기를 심는 강물로 흐르는 새해가 되기를!

(2021년 1월 교포신문)

# 루터와 카타리나의 도시, 비텐베르크

'루터의 도시'로 불리는 비텐베르크(Wittenberg)와 루터가 신약 성경을 번역하였던 아이제나흐(Eisenach)의 바트부르크(Wartburg) 성을 자동차로 다녀왔다. 손님 몇 분을 Bonn에서 픽업하여 약 7시간 반이 걸려 비텐베르크에 도착하였다. 통일된 독일의 구동독과 구서독을 잇는 거리가 결코 짧은 거리가 아니라는 것을 실감하였다.

비텐베르크에 도착하여 유명한 '城(Schloss)교회' 가까운 곳에 여장을 풀었다. 비바람이 불고 우중충한 전형적인 독일 날씨였다. 걸어서 5분 거리에 있는 교회 앞에 '논제의 문'(Thesentür)이라고 쓰인 안내판이 세워져 있었다. 1517년 10월 31일, 비텐베르크 신학부 교수이며 사제였던 루터는 면죄부 판매에 반대하는 95개 조 반박문을 라틴어로 써서 이 교회 정문에 붙여놓았다. 그 당시 목재로 만들어진 교회 문이 1760년에 불탄 후 1858년, 프로이센의 왕이었던 프리드리히 빌헬름 4세가 다시 청동 문으로 복구하면서 라틴어로 된 95개 조항을 이 문에 새겨 넣었다고 한다. 아치형 정문의 상단에 십자가에 달리신 예수님이 가운데 그려져 있고, 그 양쪽에 앉은 자세로 십자가를 바라보는 두 사람이 있는데 그들은 각각 성경을 손에 든 루터와 그의 종교개혁 동역자로서 기독교 신앙과 신학 사상을 체계화한 멜란히톤(Philipp Melanchthon 1497~1560)이다. 당시 거대한 권력을 가지면서 부패해진 로마 가톨릭 세력에 저항(protest)했다 하여 루터로부터 시작된 개신교 신자들을 '프로테스탄트(Protestant)'로 부르기 시작하였다.

루터 박물관 안에는 그가 번역한 성경, 작사 작곡한 찬송가, 저서들과 함께 루터의 일상의 삶을 보여주는 모형도가 진열장에 전시되어 있었다. 루터의 식탁에는 늘 가족 친지와 함께 학생들과 학자들, 손님들 30명에서 50명 정도가 같이 식사하였고 이들이 먹는 식량과 음료수를 자급자족하기 위하여 루터의 아내 카타리나(Katharina von Bora 1499~1552)는 채소밭을 가꾸며 가축을 기를 뿐만 아니라 양어장도 관리하고 직접 맥주를 만들기도 하였다. 이 식탁에서 루터가 했던 말을 몇 제자가 기록 정리하여 루터 사후에 펴낸 책이 『루터의 탁상 담화』(1566)라는 책이다. 날마다 수십 명에 이르는 가족과 손님을 섬기는 그녀의 헌신에 루터는 '카타리나를 프랑스나 베네치아와도 바꾸지 않겠다.'라고 말하였다 한다. 비텐베르크가 루터의 도시, 종교개혁의 발상지가 될 수 있었던 것은 카타리나의 내조와 헌신이 없이는 어려웠을 것이란 생각이 들면서 '루터와 카타리나의 도시 비텐베르크'가 더 맞는 도시 명칭이 아닐까 싶었다.

전시실마다 안내판이 세워져 있는데 마지막 전시실 안내판 내용에 '루터가 남긴 영원한 유산은 독일어 성경 번역'이라고 쓰여 있었다. 그가 독일어로 성경을 번역함으로써 유럽 각 언어로도 성경이 번역되었다. 루터는 독일 국민들이 성경을 읽을 수 있도록 12년 동안 히브리어로 쓰인 성경을 독일어로 번역하였고 1534년에 처음으로 독일어 성경이 출간되었다.

성(Schloss) 교회에서 걸어 나와 마르크트 광장에 이르면 루터의 동상과 멜란히톤의 동상이 세워져 있다. 그리고 쌍둥이 두 첨탑이 세워진 시립 교회(Stadtkirche)인 성 마리아 교회가 보이는데 첫 개신교 예배가 드려진 곳이다. 루터가 설교하였던 교회로 유명하며 당시 궁정 화가이며 독일 르네상스 화가였던 루카스 크라나흐(Lucas Cranach 1472~1553)의 그림이 제단 위에 걸려있다. 이 제단화 아래에는 설교하는 루터의 모습이 그려져 있는데 왼쪽 설교단에 서 있는 루터의 오른손은 교회 중앙에 그려져 있는 십자가에 달리신 예수님을 가리키고 왼손은 성경의 한 구절을 가리키고 있다.

성 마리아 교회는 루터와 첫 개신교 목사였던 요한네스 부겐하겐이 설교하였던 교회로서 '종교개혁의 모태 교회(Mutterkirche)'

로 불린다. 매년 10월 31일 종교개혁 기념일에는 독일과 세계의 영향력 있는 목사, 지도자들이 참석하여 이곳에서 예배드리고 음악회 등을 개최하면서 루터의 종교개혁일을 기념하고 축하하는 자리를 갖고 있다.

500년 전에 일어났던 종교개혁의 발상지를 방문하여 루터의 95개 조항 반박문이 붙었었고 루터와 멜란히톤의 무덤이 안치된 역사적인 성(Schloss) 교회, 루터와 멜란히톤, 루카스 크라나흐가 살던 집을 지나 루터가 설교하였던 성 마리아 시립교회까지 둘러보니, 수백 년 세월이 지났어도 부패와 비진리에 항거하는 그들의 저항정신과 진리에 대한 열정은 여전히 살아있음을 느꼈다.

다음 날 아침, 비텐베르크에서 약 세 시간 정도 걸려 바크부르크 성에 도착하였는데 마침 독일 통일의 날이어서 그런지 여행객들로 북적대었다. 루터를 아끼던 작센의 선제후 프리드리히 3세가 보름스 제국의회에서 심문받은 후 끌려가는 루터를 중간에 납치하는 듯 목숨을 구하여 숨겨준 곳이다. 1521년 5월부터 약 열 달 동안 이 성에 머물면서 그는 약 11주 동안 신약성경을 독일어로 번역하였다. 1522년 9월, 이 성경이 비텐베르크에서 '9월 성경'이라는 이름으로 출간되는데 그리스 원어인 헬라어에서 직접 독일어로 번역된 최초의 성경이다.

올해는 종교개혁 500주년이 지나고 맞는 첫해이다. '죄는 금전으로 용서받는 것이 아니라 진정한 회개로 용서받는다.'라는 내용으로 면죄부 판매에 반대하는 반박문을 써서 교황의 막강한 권력에 대항하며 성경의 진리를 수호하였던 루터. 독일어로 성경을 번역하여 일반 시민들도 성경을 읽고 진리를 알도록 성경 중심의 신앙을 지켰던 그와 그의 친구들. 부패와 비진리에 맞서서 저항했던 그들의 프로테스탄트 정신과 진리에 대한 열정은 독일에서 발원하여 오백 년이 지나도록 전 유럽과 세계에 맑은 믿음의 물줄기로 흐르고 있다.

(2018년 10월 교포신문)

# 루드비히 2세의 꿈이 살아 숨쉬는 '백조의 성'

섭씨 35도를 넘나드는 더위가 이어지던 8월 중순, 바이에른주의 소도시 퓌센(Füssen) 근처 노이슈반스타인(Neuschwanstein) 성에 다녀왔다. 한국이나 외국에 사는 분들이 독일을 방문하면 즐겨 찾는 관광명소인데도 그동안 여행할 기회가 없었다. 독일 생활 33년이 지나 이번에 마침내 이곳을 다녀오게 되었다. 죽기 전에 한 번은 꼭 보아야 한다고 할 만큼 아름다운 이 성을 보고 나서 150년 전에 이 성을 건축하기 시작한 루드비히 2세(Ludwig II 1845. 8~1886.6)의 드라마틱한 삶에 관해 듣게 되었다.

'동화왕(Märchenkönig)'이라고 불리기도 한 루드비히 2세는 그의 할아버지 루드비히 1세와 같은 생일에 태어나 루드비히 2세라는 이름을 받았다. 그의 아버지 막시밀리안 2세가 병으로 일찍 세상을 떠나 만 18살에 바이에른 왕국의 네 번째 왕이 되었다. 막시밀리안 2세는 슈반스타인성이라는 폐허가 된 성을 사들여 재건축하여 '호헨슈반가우(Hohenschwangau)' 성이라는 이름을 붙였다.

산과 호수로 둘러싸인 호헨슈반가우성에서 어린 시절을 보냈던 루드비히는 독일 중세 신화와 전설 속 그림들이 그려져 있는 성안에서 살았고, 백조가 평화로이 떠다니는 알프스 호수(Alpsee)를 바라보며 자랐다. 15살에 바그너(Richard Wagner 1813~1883)의 오페라 〈로엔그린〉을 관람하고 깊은 감명을 받은 루드비히는 그가 왕이 된 후에 첫 번째 내린 행정 명령이 바그너를 바이에른으로 데려오도록 한 것이라고 한다. 당시에 많은 빚을 떠안고 유럽 이곳저곳을 전전하던 바그너는 루드비히 2세의 재정적인 지원으로 오페라 창작에 전념할 수 있었다.

루드비히 2세는 그가 바그너의 오페라를 감상하였던 바트부르크(Wartburg)성과 오페라 〈로엔그린〉에 나오는 백조의 전설에서 영감을 얻어 백조의 성을 지었다고 한다. 호헨슈반가우성의 본래 이름이 슈반스타인성이어서 그랬는지 '새 백조의 성'이라는 뜻인 '노이슈반스타인'성이라는 이름이 붙여졌다.

먼저 들렀던 바이에른 자연공원(Naturpark)에서 자동차로 백조의 성 앞에 도착한 시각은 오후 2시 30분경. 코로나 때인데도 많은 관광객이 눈에 띄었다. 성안으로 들어갈 수 있는 입장권이 이미 모두 팔려서 다음을 기약하여야 했다. 성안의 방마다 바그너 오페라에 나오는 인물들이나 배경이 그려져 있다고 들었다. 백조의 성으로 올라가는 산길을 따라 등산하는 기분으로 약 30분 걸어서 올라갔다. 두 마리의 말이 끄는 마차를 타고 올라가거나 산길을 내려오는 사람들도 보였다.

이 성은 우아한 백조의 모습을 연상시키듯 연한 회색 돌로 지어졌고, 백조가 하늘을 향해 비상하듯 하늘로 솟아오른 몇 개의 성탑이 있다. 푸르른 하늘과 울창한 초록의 숲, 거울같이 맑은 호수에 떠다니는 백조를 보면서 어린 시절을 보낸 루드비히는 자신이 살던 호헨슈반스타인성에서 마주 보이는 높은 곳에 성을 지으리라는 꿈을 꾸었다고 한다. 그의 어머니 이름 Marie에서 따온 마리엔 다리(Marienbrücke)에서 바라보는 백조의 성은 동화의 나라, 마법의 나라에 온 듯한 느낌을 주었다. 협곡을 잇는 이 다리 위에서 성의 모습이 아주 잘 보인다고 알려져서 그런지, 마리엔 다리로 들어가는 비탈진 산길에는 관광객들이 줄지어 서 있어서 약 40분이나 기다린 후에 마리엔 다리를 밟을 수 있었다.

이 성은 1869년 9월 5일에 짓기 시작하여 17년 동안 건축되다가 1886년 6월, 루드비히 2세의 퇴위와 죽음으로 미완성으로 남게 되었다고 한다. 이 성이 일반인들에게 개방된 지난 130여 년 동안 이 성은 바이에른주의 자랑이며 독일의 예술성을 세계에 알리는 관광명소가 되었다. 그러나 루드비히 왕은 이 성을 건축하고 바그너를 지속해서 후원함으로써 당시 바이에른 내각의 불만을 사게 되었다. 국고가 아닌 왕실의 자금으로 이 성을 건축하였지만, 정치보다 끊임없이 성 건축에 몰두하였고 왕정 존립을 위협하는 공화주의자 바그너를 후원하는 왕에게 신하들은 바그너를 추방하도록 건의하였다. 이러한 내각을 해체하려던 루드비히 왕을 그들은 정신질환자로 몰아서 퇴위시키고 유배지로 보냈다. 루드비히 왕은 퇴위된 지 사흘 후, 그의 의사와 함께 산책하러 나갔다가 유배지에서 가까운 슈타른베르크 호수에서 의문의 죽음을 맞는다.

프랑스 베르사이유 궁전을 방문한 후, 프랑스보다 바이에른 왕국에 궁전이나 성이 부족하다고 생각하였던 루드비히 왕은 그가 바이에른 왕으로 있던 22년 동안 모두 세 개의 성을 건축하였다. 백조의 성 이외에 프랑스 루이 14세가 지은 베르사이유 궁전을 본떠서 지은 웅장하고 화려한 헤렌킴제 성(Schloss Herrenchiemsee), 막시밀리안 2세의 사냥 별장이 있던 에탈(Ettal) 근처에 아름다운 린더호프 성(Schloss Linderhof)을 건축하였다.

독일 민족의 전설이 담겨 있는 중세 신화를 소재로 만든 바그너의 오페라 〈로엔그린〉〈탄호이저〉 등 바그너의 오페라를 사랑하였던 루드비히 2세! 그는 어릴 적부터 품었던 꿈을 안고 직접 설계에 참여하여 백조의 성을 비롯한 세 개의 성을 건축하고 성안에 바그너의 오페라에 나오는 인물들과 배경을 그리게 함으로써 독일뿐 아니라 세계에서 손꼽는 예술작품과 건축물을 예술문화유산으로 남겼다. 그리고 〈니벨룽겐의 반지〉를 공연할 오페라 극장을 바이로이트(Beyreuth)에 새로 건축하려던 바그너에게 모자란 경비를 기부함으로써 바이로이트 바그너 축제가 탄생하도록 도왔다.

루드비히 2세는 자신의 꿈을 현실화시켜서 백조의 성을 17년 동안 지었고, 이 성은 디즈니랜드를 만들어 세계의 어린이들에게 꿈과 환상을 심은 월트 디즈니(Walt Disney 1901. 12~1966. 12)에게 영감을 주어 디즈니랜드 신데렐라 성의 모델이 되기까지 하였다.

한 사람 루드비히 왕의 꿈과 비전이 다른 한 사람을 거쳐 세계인에게 전해지는 것을 볼 수 있었다. 백조의 성을 보면서 '인생은 짧고 예술은 길다'는 말이 생생하게 느껴졌다. 비록 만 40세의 나이로 짧은 생을 살다 갔지만 '동화왕' 혹은 '광인 왕'으로 불리는 그가 남긴 불후의 예술건축물인 백조의 성과 린더호프 성, 헤렌킴제 성은 150여 년이 지난 오늘날까지 후세들에게 꿈과 환상을 심어주고 있다.

인생은 한 줌 흙으로 사라지나 꿈은 후세까지 전해지고 남는다. 그 꿈이 나라와 민족을 생각하고 예술과 예술가를 사랑하고 키우는 꿈이라면 언젠가 다른 한 사람에게, 마침내 세계인의 가슴마다 환상적인 백조의 성으로 우뚝 세워지지 않을까? 만 60년을 살고 이제 첫해를 맞은 내게 앞으로 나의 한정된 삶 동안에 어떤 환상적인 꿈을 품고, 또 그 꿈을 이루기 위해 어떤 자세로 정진해나가야 할 것인지 깊이 생각하게 해준 뜻깊은 여행이었다.

(2020년 9월 교포신문)

# 독일의 음악 도시, 라이프치히

새해가 열리면서 라이프치히에 다녀올 일이 생겼다. 독일을 잠시 방문한 남편의 대학 동창 부부를 만나기 위해 우리는 마인츠에서 자동차로 약 네 시간 동안 달려서 옛 동독 도시에 도착하였다. 라이프치히는 내 오래된 상식으로 상업 도시이며 프랑크푸르트에 맞먹는 국제 도서전이 열리는 도시였다. 이틀에 걸친 짧은 여행 후, 라이프치히는 전설적인 음악가 바흐, 멘델스존, 슈만과 클라라, 바그너 그리고 철학가 니체와 대문호 괴테가 〈파우스트〉를 썼던 곳으로 내 마음에 음악과 예술의 도시로 다시 태어났다.

먼저 이 도시의 가장 오래된 교회이면서 독일 통일의 불씨를 지펴준 성 니콜라이 교회를 방문하였다. 1989년 독일이 평화적인 통일을 이루기까지 시민들이 평화 운동을 펼치고 매주 월요일, 통일을 위한 평화 기도회가 열렸던 교회이다. 교회 안쪽에 있는 전시실에는 이 평화 운동이 어떻게 펼쳐졌는지 설명 표지판이 세워져 있었다.

교회를 나와서 몇 발자국 더 가면 1212년 건립된 성 토마스 교회가 있다. 1750년에 삶을 마감하기까지 27년 동안 성 토마스 교회 소년 합창단의 지휘자이며 오르가니스트, 음악감독이었던 바흐(Johann Sebastian Bach 1685~1750)의 동상이 우리를 맞이하였다. '음악의 아버지'로 불리는 바흐의 가문은 200여 년 동안 50여 명의 음악가를 배출한 유럽 최대의 음악가 가문이다.

교회 안에 들어서니, 웅장하고 장엄한 오르간 음악이 울려 퍼지고 있었다. 이 성 토마스 교회는 1539년 마틴 루터가 종교개혁 설교를 하였고, 종신 서원을 한 교회이며, 바그너(Richard Wagner 1813~1883)가 생후 3개월 때 세례를 받았고 모차르트와 바흐가 오르간을 연주했다고 한다. 독일의 위대한 인물들의 숨결이 스며든 역사적인 교회를 방문한 감회가 깊었다.

다음날 오전 10시경 멘델스존 하우스를 방문하였다. 멘델스존(Felix Mendelssohn~Bartholdy 1809~1847)이 임종하기까지 그의 여생을 보낸 집을 기념관으로 만든 곳이다. 인상적이었던 곳은 직접 지휘봉을 들고 멘델스존의 곡을 지휘해 볼 수 있도록 만든 음악 체험장이었다. 보면대에 놓인 스크린 위에 그의 악보가 나오고 지휘봉을 흔들면 센서가 지휘봉을 드는 속도와 방향 등을 인식하여, 앞에 긴 기둥처럼 서 있는 12개 스피커들의 소리 강약, 연주속도가 조절되고 방의 조명이 환상적인 색채로 붉고 푸르게 바뀌면서 그의 곡이 연주되었다. 오케스트라 지휘자가 꿈이었다고 가끔 말하곤 하던 남편이 지휘봉을 들고 그럴듯하게 포즈를 취하며 멘델스존 곡을 지휘하였다. 멘델스존을 '19세기의 모차르트'라고 일컬은 슈만의 말이 액자 안에 쓰여 벽에 전시되어 있었다. '유럽인 멘델스존'이라는 제목 아래 프랑스, 스위스, 영국 등을 여행하며 연주한 유럽 연주 여행 날짜와 그림이 새겨진 원형 접시들을 벽에 걸어 전시해놓은 방도 인상적이었다. '화가로서의 멘델스존'이라는 제목으로 그가 직접 그린 그림들이 전시된 방도 있었는데 화가라고 해도 믿을 만큼 빼어난 풍경화였다. 1843년, 멘델스존이 셰익스피어의 작품에서 영감을 받아 작곡한 〈한여름 밤의 꿈〉에 나오는 '결혼행진곡'은 오늘날까지 세계 곳곳에서 결혼식에 연주되고 있으니 그가 세상을 떠난 지 수백 년이 지나도 그는 우리 가운데 음악으로 살아있다.

무엇보다 바흐의 음악을 세상에 널리 알렸고, 특히 바흐의 사망 후에 그의 〈마태수난곡〉 악보를 멘델스존이 복원하여 그의 지휘로 성 토마스 교회에서 초연하였다고 한다. 그는 1908년, 바흐의 동상까지 만들게 하여 성 토마스 교회 옆에 세웠다.

멘델스존 하우스를 나와서 맞은편에 새 건물로 세워진 게반트하우스(Gewandhaus)에 들어가 그의 동상 옆에서 사진을 찍기도 하였다. 게반트하우스는 멘델스존이 12년 동안 지휘자로 활동하였던 세계 최초의 민간 오케스트라이며 세계 3대 오케스트라에 꼽힌다.

멘델스존의 음악은 유대인의 음악이라는 이유로 그가 세상을 떠난 후, 한동안 연주되지 못하였으나 유대인 출신인 세계적인 지휘자 Kurt Masur(1927~2015)가 멘델스존의 작품을 세계 곳곳에 다니며 공연하면서 널리 알려지게 되었다.

이 게반트하우스에서 찻길만 건너면 라이프치히 대학 건물이 보인다. 구동독 시대에 칼 막스 대학이라고 불리기도 했던 이 대학은 1409년에 세워진 독일에서 두 번째 오래된 대학으로 괴테, 슈만, 바그너, 니체 등이 공부한 곳이다. 통독 이후에 새로 현대식 건물로 재건축하였다. 대학 건물에 들어서면 바로 바그너와 괴테의 흉상이 보인다.

독일 전통 음식점에서 점심을 먹은 후, 오후 2시부터 문을 여는 슈만 클라라 하우스에 들어갔다. 입구에 슈만(Robert Alexander Schumann 1810~1856)과 클라라(Clara Wieck Schumann 1819~1896)부부 사진과 함께 그들이 1840년부터 결혼 첫 4년 동안 살았던 곳이라고 안내 표지판이 세워져 있었다. 지난해 9월 13일, 클라라 탄생 200주년을 기념하여 새롭게 현대식으로 단장한 기념관이었다. 슈만과 클라라가 작곡하고 연주한 곡들을 들을 수 있는 방에 들어서니, 사방 벽면에 봄꽃들과 나비, 정원과 나무 영상이 움직이며 노래가 흘러나왔다. 슈만은 이 집에서 그의 첫 심포니 〈봄〉을 작곡하였다. 조형물로 만들어진 클라라의 손을 쓰다듬었더니, 물방울 흐르는 소리처럼 영롱한 클라라의 피아노곡이 흐르면서

150~200년 전의 피아니스트와 우리를 단번에 연결해주었다.

바흐, 멘델스존, 슈만, 클라라와 같은 독일이 낳은 위대한 음악가들이 살았던 집과 기념관을 돌아보고 바흐의 무덤이 안치된 성 토마스 교회, 독일 통일을 위해 평화의 기도회가 열렸던 성 니콜라이 교회, 괴테가 다녔던 라이프치히 대학과 그의 동상, 그의 대작 〈파우스트〉를 집필하였던 도시를 보고 돌아온 이틀은 48시간이라는 물리적인 시간이 아니었다. 18세기, 19세기 위대한 인물들을 역사 속으로 들어가 만나는, 수백 년에 걸친 역사 여행이었다.

멘델스존은 38세, 슈만은 46세의 짧은 삶을 살다 갔지만, 그들의 열정적이고 치열한 삶은 수백 년이 지난 오늘까지 우리의 영혼까지 파고드는 음악과 예술의 향기를 뿜고 있다. 멘델스존은 신경계 병과 과로, 피아니스트였던 누이 화니(Fanny)의 죽음을 겪고 자신도 그 충격으로 6개월 후 젊은 나이에 세상을 떠났다. 클라라는 어린 나이에 부모가 이혼하는 슬픔을 겪었고 결혼 후에는 남편의 정신병과 자녀의 죽음으로 인한 아픔을 가슴에 안고 살았다. 바흐는 아홉 살 때 어머니를 잃고 그 이듬해에는 아버지를 잃었다. 결혼 후에는 사랑하는 아내가 병으로 일찍 세상을 떠났다. 그의 음악이 인정을 받지 못하던 당시에는 가난하게 살면서 생계를 이어가야 하였다. 그러나 이들은 좌절하거나 포기하지 않았다. 자신의 마음의 고통과 어려운 환경을 헤쳐 나가며 그들의 슬픔과 아픔, 기쁨과 사랑을 음악과 예술 작품에 녹여내는 삶을 살았다. 이들이 숨

쉬며 살았고 고통 가운데 아름다운 음악, 문학 작품을 빚어내었던 이 독일에서, 수백 년이 지나도 아름다운 예술의 향기를 뿜어내는 이들의 묵직한 삶을 배우려는 마음으로 새해 첫 달을 출발하였다.

(2020년 1월 교포신문)

# 크레타섬의 무지개

　'유럽'이라는 말은 독일어로 'Europa'라고 쓰고 '오이로파'라고 읽는다. 이 '오이로파'라는 말은 그리스 신화에 나오는 페니키아의 '에우로페' 공주의 이름에서 나왔다고 알려져 있다. 그리스 신화에서 제우스 신이 황소로 변신하여 에우로페를 태우고 납치해온 곳이 크레타섬이다.

　크레타는 독일에서 비행기로 약 세 시간이면 갈 수 있는 그리스의 제일 큰 섬이다. 에게해와 지중해 경계에 있는 섬으로 지중해에서 다섯 번째로 큰 섬이라고 한다. 섭씨 15도에서 20도에 이르는 따뜻한 날씨였는데도 푸르른 하늘 아래 크리스털 보석처럼 산꼭대기에 눈이 덮여 햇빛에 반사되어 번쩍거리는 모습은 실제로 신화의 나라에 온 듯한 느낌을 주었다. 오뚝한 코와 긴 턱수염을 한 제우스신이 평화롭게 낮잠을 자는 것처럼 보이는 이다(Ida) 산의 형상은 마치 그가 지금도 크레타의 수호신으로 섬을 보호하고 있는 듯하였다.

크레타는 기원전 3천 년경 메소포타미아와 이집트 문명의 영향을 받은 크레타 문명이 발달한 곳으로 유럽 문명의 발상지이다. 미노스 문명이 유럽 최초의 문명으로 불리는데 이 미노스 문명의 전성기를 이룬 왕이 미노스 왕이고 그에 대해 전해져 내려오는 신화는 다음과 같다.

제우스와 에우로페 사이에 세 아들이 태어났는데 그 첫째 아들이 미노스이다. 미노스는 제우스의 여러 아들 중 자신이 왕이 되기 위해 바다의 신 포세이돈에게 도움을 요청하였고, 포세이돈은 미노스에게 황소를 주어 왕이 된다는 징표를 주었다. 미노스가 왕이 된 후, 포세이돈에게 그 황소를 다시 제물로 바치기로 한 약속을 어기고 다른 황소를 바치자 이에 몹시 화가 난 포세이돈은 미노스의 아내인 파티파에 왕비가 황소에 마음을 빼앗기도록 저주를 내려서 그들 사이에 황소와 사람 모습을 한 괴물 미노타우루스가 태어난다. 미노스 왕은 건축가 다이달로스에게 미궁을 만들도록 하였고, 미노타우루스를 미궁 속에 가두어두고 아테네에서 7명의 젊은 청년과 처녀들을 제물로 바치도록 한다. 이에 아테네의 왕자 테세우스가 미노타우루스와 싸우기 위해 스스로 인질이 되어 크레타로 온다.

테세우스 왕자를 보고 첫눈에 마음을 빼앗긴 미노스 왕의 딸 아리아드네 공주는 그에게 실타래를 주며 미로를 들어갈 때 실타래를 풀면서 들어가도록 도와준다. 미노타우루스를 해친 후, 그는 실을 따라 다시 미로를 빠져나와 공주와 함께 섬을 탈출한다. 이를 알고 분노한 미노스 왕은 아리아드네 공주에게 미로를 빠져나오는 길을 가르쳐준 다이달로스와 그의 아들 이카로스를 미궁에 가둔다. 다이달로스는 새의 깃털을 주워 모아 자신과 아들 이카로스에게 밀랍으로 날개를 붙여서 탈출하는데 이카로스가 너무 태양 가까이 날다가 밀랍이 녹아서 바다에 추락하게 된다. 이처럼 크레타는 아직도 신화와 역사가 서로 실타래같이 얽히고설킨 이야기를 풀어내고 있는 꿈같은 섬인 동시에 고대 문명의 실제 유적들을 생생하게 보여주는 수천 년 역사의 섬이다.

크레타에서 가장 큰 도시인 이라클리온에 있는 고고학 박물관은 5천여 년에 이르는 고대 문명의 유물들이 전시된, 세계적으로 중요한 박물관이다. 유럽 최초의 궁전이라고 하는 크노소스 궁전이 세워졌던 언덕에서 발굴된 유물과 유적들이 전시되어 있다. 크노소스 궁전은 4천 년 전에 지어진 궁전이라고 하기에 믿기 어려울 만큼 1,500여 개 방이 미로로 연결되어 있던 고대 왕궁 중 최대 규모의 궁전이다. 지금은 옛 궁전터 곳곳에 돌무더기가 층층이 쌓여있고 몇 개의 궁전 기둥과 유적과 벽화가 남아 있는데 이들은 모조 유적이고 진품은 고고학 박물관에 전시되어 있다.

박물관에 전시된 크고 작은 도자기, 곡식과 올리브 기름을 저장했던 다양한 문양이 새겨진 항아리, 궁전 생활이나 인물, 당시의 장례식 등 생활풍습이 그려진 프레스코 벽화, 여인들의 목걸이나 장신구, 머리 모양을 보면 4천 년 전 사람들이 결코 오늘날 문명에 뒤떨어지지 않고 오히려 문화 예술적으로 더 화려하고 정교하다는 느낌을 받았다. 그리고 상하수도 시설이나 채광 시설이 현대 기술 못지않게 설치되었던 크노소스 궁전이나 현대의 상품이라고 해도 뒤지지 않을 정도로 우수한 유물들이 즐비하게 전시된 고고학 박물관을 관람하고 나면, 인간이 원숭이나 아메바로부터 진화했다고 주장하는 진화론자들은 할 말을 잃게 된다. 수천 년 전 사람들의 지혜나 예술성, 건축 기술이 결코 오늘날 못지않은 놀라울 정도의 수준인 것을 볼 수 있기 때문이다.

여행 마지막 날에는 이라클리온에서 태어난 작가 니코스 카잔차키스(1883~1957)가 산책했다는 곳에도 잠시 들렀다. 자연 보호물로 지정되었다는 약 2200년 된 우람한 나무 밑에서 사진을 몇 장 찍은 후, 크레타 가이드에게 니코스 카잔차키스와 이 나무가 무슨 관련이 있냐고 물었더니 유창한 독일어로 "그 나무 밑에서 작품 구상하거나 명상하기도 하고 아마 크레타 전통주 라키(Raki)도 마셨겠지요."라고 대답해준다. 그리스를 대표하는 시인이며 소설가인 니코스 카잔차키스는 그의 장편소설 『그리스인 조르바』로 잘 알려진 작가이다. 노벨상 후보에 여러 번 추천되기도 하였다. 52여 개국 언어로 번역된 작품을 쓴 세계적인 소설가가 크레타가 낳은 작가인 줄은 미처 몰랐다.

이 작품은 1964년 영화로 만들어졌는데 이 영화에 나온다는 아르카디(Arkadi) 수도원도 방문하여 마치 배우가 된 듯이 기분 내며 수도원 이곳저곳에서 사진을 찍었다. 16세기에 지어진 이 수도원은 두 개의 종루가 달려있고 지붕이 둥근 로마 바로크 양식으로 지어져서 바라보기만 해도 성스럽고 평화스러운 성지였다. 그러나 역사를 거슬러 올라가면 이 평화스럽게 보이는 수도원은 크레타가 터키 오스만 군대에 항거한 곳으로 비참한 역사를 간직하고 있다. 이곳 가브리엘 수도원장을 비롯한 약 850명의 크레타 주민들이 수도원에 쳐들어온 오스만 군인들을 대항하여 폭발물을 터뜨려 함께 희생된 곳이다. 이들의 독립 투쟁이 세상에 알려지게 되어 크레타는 마침내 1866년 터키로부터 독립하고 1913년에 그리스에 귀속된다.

신화에 나오는 크노소스와 제우스, 에우로페, 미노스 왕 등의 무대인 크레타 땅을 밟고, 또 실제로 크노소스 궁전과 발굴지에서 출토된 아름답고 정교한 도자기, 프레스코 벽화, 조각품 등 고고학 박물관에 전시된 유물들을 보고 독일에 돌아오니, 타임머신을 타고 4천 년 동안 여행을 다녀온 느낌이 들었다. 독일로 떠나오기 전날, 비 내린 후에 하늘과 바다를 잇는 찬란한 무지개가 크레타섬에 뜬 모습은 마치 4천 년 전에 살던 미노스 인들과 현대의 나를 이어주는 무지개다리인 듯 느껴졌다.

(2019년 5.6월호 그린에세이)

# 독일 생활 35년을 지내며

모국인 한국에서 27년을 살다가 독일에 왔다. 초등학교에서부터 대학원까지 교육을 받고 결혼을 한 후, 첫아들을 낳았다. 첫아기를 키우면서 150여 명의 여성만 일하는 한국여성개발원에서 공채 1기 연구원으로 직장생활을 하였다. 결혼한 지 2년 만에 남편이 먼저 독일로 떠났다. 남편이 독일어를 배우며 외국 생활에 기초를 놓도록 직장 월급에서 일 년 동안 생활비를 보냈다. 일 년 후, 아직 만 두 살인 첫아기를 시부모님께 맡기고 남편을 뒤따라 독일에 왔고 어느 정도 자리가 잡힌 2년 후, 첫아들을 독일에 데려올 수 있었다.

그 후 35년이라는 세월이 지나갔으니, 모국에서보다 타국에서 더 오래 살아온 셈이다. 독일에서 둘째 아들과 외동딸이 태어났다. 그리고 빈손으로 시작하는 외국 생활로 시부모님께 맡겨놓았던 첫

아들을 만 4살에 독일로 데려왔다. 그 아들이 독일에서 결혼하여 네 자녀의 아빠가 되었다. 20대 청춘에 독일에 왔던 남편과 나는 독일에서 어느덧 할아버지, 할머니가 되었다. 첫 손자가 지난해 초등학교에 입학하였다. 참 까마득한 35년이라는 세월이 흘렀다.

지금까지 독일에 살면서 유럽에서 제일 잘 사는 나라, 질서정연한 나라, 깨끗하고 정리정돈을 잘하는 나라, 근면하고 검소한 나라, 법과 규율을 중시하는 나라, 정직과 신용을 앞세우는 나라인 것을 배우고 있다. 어린이나 여성의 인권, 외국인의 인권을 중시하는 나라라는 것도 배우고 있다.

'독일' 하면 나치를 떠올리는 사람들이 많다. 그러나 독일 사람들이 사는 주택가를 산책하다 보면 독일에 대한 이미지, 독일 사람들에 대한 이미지가 바뀐다. 꽃과 나무를 심고 정성껏 정원을 가꾸는 사람들, 창가 바깥에 흐드러진 꽃 화분을 놓아두어서 지나가는 사람들에게도 아름다움과 기쁨을 선사하는 사람들. 대문 현관 앞에는 계절에 맞추어 화분을 놓아두어 가족들이나 집을 찾아오는 손님들을 맞이하는 사람들. 그들이 독일 사람들이다.

슈퍼마켓에 들러 장을 보고 두 봉지 중에서 한 개를 깜박 놓아두고 집에 왔다가 네다섯 시간 후에 생각이 나서 찾으러 가보면 그 자리에 그대로 놓여있는 나라. 담장이 낮고 집 대문이 허리 높이밖에 되지 않아도 도둑을 걱정하지 않아도 되는 나라. 버스를 타도 버스표를 검사하지 않는 나라. 그 대신 갑자기 한 달에 한두 번 암행어사같이 검사관이 버스에 올라타서 차표 검사를 하다가 걸리면 차표의 30배 가까운 거금 60유로를 벌금으로 내야 하는 신용과 법칙이 중시되는 나라.

독일에서 배울 수 있는 점은 참 많이 있다. 전쟁을 두 번이나 치른 나라여서 그런지 독일 사람들은 대체로 매우 검소하다. 부자라도 사치하지 않고 허영을 부리지 않는다. 옷도 유행을 타지 않고 부자인지 가난한 사람인지 구별이 잘 안 된다. 집에 있는 회색 옷, 검정 옷들을 걸치고 나오고 청바지나 검은색 바지 등 눈에 띄지 않는 수수한 옷들을 입는다. 젊은 청년들과 여성들도 마찬가지이다. 수수하고 검소하다. 실속과 실력이 중요하지 겉치레는 별로 신경 쓰지 않는다. 다른 사람들의 겉모습에도 관여하지 않는다. 사생활을 보호해주고 그 사람의 인격을 존중해준다. 물론 극우파들이 있고, 그렇지 않은 사람들도 있지만 대체로 국민성이 그러하고 나라가 그러하다.

저녁 퇴근 시간이 되면 가장들이나 직장인들은 중간에 술집이나 다른 약속을 갖기보다 보통 집으로 직행한다. 우리나라 정치가들이 한때 내걸었던 슬로건인 '저녁이 있는 나라'이다. 물론 우리나라처럼 가족이나 친구들이 모여 다니거나 술친구가 많은 대신에 개인주의로 외톨이들이 많다. 그리고 이혼율도 높아서 혼자 살거나 아예 싱글족들도 많다.

독일의 전형적인 날씨는 흐리거나 바람 불고, 비 오는 날이 많다. 그래서일까? 집안에서 조용한 시간을 보내거나 햇빛이 잠깐 나면 산책을 자주 하여서 그럴까? 독일에는 칸트를 비롯하여 하이데거, 몰트만 등 철학자, 신학자들과 베토벤, 슈만 등의 음악가와 괴테, 실러 등 세계적인 문학가들이 많이 탄생하였다.

햇빛이 귀하여 아기가 태어나면 비타민 D 알약을 하루에 한 알씩 먹인다. 내가 둘째 아들을 낳았을 때, 그러니까 30년 전에도 아기에게 비타민 D 알약을 먹였던 기억이 나는데 지금 만 2살인 손자도 비타민 D 알약을 먹으며 자란다. 햇빛이 나면 햇빛 쐬러 사람들이 잔디밭이나 동네 아이들 놀이터에 모이고 산책하러 다니는 사람들이 눈에 띈다.

이러한 독일에서 귀한 생명이 태어나 3대째 살고 있으니 이제 독일은 제2의 한국이며 고향인 셈이다. 내 인생의 가장 황금기라고 할 수 있는 이십 대 후반과 삼십 대를 외국에 정착하느라 땀 흘리며, 눈물 흘리며 보냈다. 그리고 만 49살에 시인으로 등단하였고 만 53살에 수필가로 등단하여 시집 세 권과 수필집 다섯 권, 독일어 번역 시집 『Koreanische moderne Gedichte 한국현대시』를 펴냈다. 모국인 한국과 더불어 독일에서 많은 삶의 은혜를 입었다. 독일에서 성장한 세 자녀와 독일에 태어나 자라나는 어린 네 손주가 이 은혜와 축복을 독일에 사는 여러 국적의 젊은이들과 어린이들에게 나누어주는 건실하고 영향력 있는 좋은 이웃이며 친구로 성장하도록 날마다 두 손을 모은다.

2010년에 첫 수필집 『라인강에서 띄우는 행복편지』(선우미디어 발간)를 펴냈다. 이번 책이 어느덧 다섯 번째 수필집이다. 그만큼 기쁨과 슬픔, 고통과 아픔, 보람 가운데 살아온 날들이 많았다는 것이리라. 사랑하는 어머니와 가족 친지, 친구들을 떠나 30년 이상 독일에 살면서 그들과 삶을 나누지 못하였던 아쉽고 안타까운 마음에 수필을 쓰고 책을 펴내게 되었다. 그리고 이곳에 태어나 자란 자녀들과 손주들이 부모와 조부모의 모국인 한국과 한국말을 배우고 읽을 줄 알아서 부모와 조부모의 삶을 알고 그들의 뿌리인 조국과 모국어를 잊지 않도록 글을 남기고 있다. 부족한 글과 책을 읽고 격려해주시는 모든 분께 깊은 감사를 드리며 건강과 행복을 기원한다.

유 한 나   수 필 집

라인강에
뜨는 무지개